suhrkamp taschenbuch 5077

Mit frischem Universitätsabschluss in der Tasche beschließt der junge Franzose Mauro, seinem bisherigen Leben den Rücken zu kehren. Er will sich von nun an gänzlich seiner wirklichen Leidenschaft verschreiben: dem Kochen. Mit seinem Fahrrad rast er von Brasserien über Bistros zu Sternerestaurants, er kocht in Berlin und in Burma, springt vom Blanchieren zum Sautieren, von Bouillons zu Sorbets, von Marktgängen zu Nachtschichten – und eröffnet schließlich seinen eigenen kleinen Laden. Fünfzehn Lehrjahre, gezeichnet von einer eisernen Selbstdisziplin, dem Überschreiten von Grenzen, von Geschmacksepiphanien und bedingungsloser Leidenschaft. In *Porträt eines jungen Kochs* erzählt Maylis de Kerangal vom unvergesslichen Geschmack, der in einer Ochsenherztomate oder einem Strauch Wildkräuter steckt – und von einem jungen Idealisten, der selbstbestimmt seinen Lebensweg beschreitet.

Maylis de Kerangal, geboren 1967, hat zahlreiche prämierte Romane und Erzählungen verfasst. Ihr Roman *Die Lebenden reparieren* wurde 2016 verfilmt.

Zuletzt ist von ihr bei Suhrkamp erschienen:
Eine Welt in den Händen. Roman (2019), *Die Lebenden reparieren*. Roman (st 4688) sowie *Die Brücke von Coca*. Roman (2012).

Andrea Spingler, geboren 1949, hat u. a. Werke von Marguerite Duras, Patrick Modiano und Jean-Paul Sartre ins Deutsche übertragen.

MAYLIS DE KERANGAL

Porträt eines jungen Kochs

Roman

Aus dem Französischen
von Andrea Spingler

Suhrkamp

Die französische Originalausgabe erschien 2016 unter dem Titel
Un chemin de tables
bei Raconter la vie, Paris.

Erste Auflage 2020
suhrkamp taschenbuch 5077
Deutsche Erstausgabe
© Suhrkamp Verlag Berlin 2020
© Raconter la vie, 2016
Suhrkamp Taschenbuch Verlag
Umschlaggestaltung: Brian Barth
Umschlagfoto: AndreaAstes/iStock by Getty Images
Druck und Bindung: CPI – Ebner & Spiegel, Ulm
Printed in Germany
ISBN 978-3-518-47077-0

Porträt eines jungen Kochs

I

Berlin – *Döner Kebab*

Ein Zug rollt auf Berlin zu. In ordentlichem Tempo durchquert er eine flache Landschaft mit dampfenden Feldern, mit Flüssen, es ist Herbst. Am Fenster eines Wagens der zweiten Klasse sitzt der junge Mann, zwanzig, schmal, spärliches Gepäck, ein Buch in der Hand – ich sitze ihm gegenüber, entziffere den Titel auf dem Umschlag, *Die klassische Küche, Techniken und Grundzubereitungsarten, Kochanleitungen*, erkenne drei stilisierte Kochmützen auf blau-weiß-rotem Grund, hebe dann den Hintern vom Sitz und beuge mich vor, kippe fast Kopf voraus ins Buch, auf die Tafeln, wo sich Bildchen mit kursiv gedruckten Legenden aneinanderreihen, Schritt-für-Schritt-Fotos, die kein menschliches Gesicht zeigen, keinen menschlichen Mund, aber Oberkörper und Hände, ja, Hände mit sauberen, kurzen Nägeln, Hände, die Gerätschaften aus Metall, Glas oder Plastik handhaben, Hände in Gefäßen, Hände, verlängert von Klingen, alle Hände festgehalten in einer Geste.

Der junge Mann blättert in seinem Buch, schlägt es hier und da auf, springt vom Inhaltsverzeichnis zum lexikalischen Teil, vom Vorwort zum Anhang, er hantiert mit dem Buch. Er tastet sich heran, noch ohne richtig zu lesen, als wüsste er nicht, wie er anfangen soll – tatsächlich glaube ich, er weiß eigentlich gar nichts, nicht mal, was er an diesem Tag, zu dieser Stunde in diesem Zug macht, und fragte man ihn jetzt, auf der Stelle, warum Berlin?, dann, stelle ich mir vor, würde er mit den Schultern zucken, die Augen schließen, seinen Kopf an die Lehne zurücksinken lassen und in sich gehen. Das Einzige, was er sicher weiß, ist, dass er in diesem Abteil sitzt, versunken in glänzendem Kunstleder und Messing, in dieser Atmosphäre der Abgeschiedenheit – mollige Wärme, Putzmitteldünste –, mit den Füßen auf dem Teppichboden; das Einzige, was er mit Sicherheit empfindet, ist die Stärke der Maschine, die ihn trägt und die fährt. Die graue Landschaft quer vor dem Fenster ist eine alte Matratze, der Junge klappt das Buch zu und schläft ein.

Es ist frostig in Prenzlauer Berg in jenem Oktober 2005, als Mauro, Reisetasche über der Schulter, ein paar Stunden später den Bahnhof durchmisst und zu Fuß in die Lottumstraße geht, wo die günstige Mietwohnung eines Kumpels sogar noch für die beiden zu groß sein wird. Das Treppenhaus hallt, und die Wohnungstür steht offen. Mauro tritt ein, ruft, keiner da, und setzt sich im Anzug auf den Parkettboden, in die Nähe eines gusseisernen Kohleofens, der verziert ist wie ein Brunnen. Er schaut sich um, ein paar Flohmarktmöbel gliedern die Leere, er reibt sich die Hände, er merkt, dass er Hunger hat. Er ist für drei Monate hier.

Aus dieser Berliner Periode erinnert sich Mauro an fahle, kalte, leere Tage und dunkle, heiße, übervölkerte Nächte – ein Gleichgewicht, das ihm passt. In den ersten Wochen beeindruckt ihn die verfügbare Zeit tagsüber, fasrig wie Glaswolle. Einsame Stunden in der Wohnung, wenn Joachim – der Mitbewohner – in einer angesagten Bar auf der Rosenthaler Straße arbeitet; schwebende Stunden, da die kleinste Bewegung von ihm das ganze Haus knacken lässt, so dass er die Musik auf höchste Lautstärke stellt, um nichts zu hören, und in dieser Klangmasse badet, bis er sie gegen die ganz ähnliche in der Bar eintauscht, wo er zur vereinbarten Zeit hingeht, um die anderen zu treffen. Dort hängt er an den Gesten, den Ausdrücken, den Gesichtern um ihn herum, denn er spricht kein Wort Deutsch, und tummelt sich bis zum Tagesanbruch zwischen den ausgelassenen Körpern.

Doch eines Morgens rührt er sich, schüttelt sich, ein Fohlen. Schlingt ein Stück Schwarzbrot hinunter, einen Kaffee, und los geht's. Er macht einen Erkundungsgang,

Mantel gut zugeknöpft, Kragen hochgeschlagen, weniger als zehn Euro in der Tasche, und sein Schritt ist jetzt der eines Fährtensuchers, so entschlossen wie sein Weg zufällig. Am nächsten Tag beginnt er von vorn und am übernächsten wieder. Berlin auf dem Asphalt durchdekliniert im Uhrzeigersinn: Pankow, Friedrichshain, Schöneberg, Dahlem, Charlottenburg, Tiergarten – er strapaziert seine Turnschuhe, er hat Blasen an den Fersen, und wenn ich ihn abends von meinem Fenster aus zurück in die Lottumstraße kommen sehe, fällt mir auf, dass er ein wenig hinkt, und ich erinnere mich an einen Absud aus Salbei und grünem Tee, in dem man Füße mit brennenden Sohlen baden kann.

Die Stadtwanderungen werden unterbrochen durch kurze Pausen auf ein hastiges Bier in den Cafés von Neukölln, Pausen, die sich länger hinziehen, wenn man zur Mittagszeit vor den Kebabs Schlange stehen muss – da keuchen sie in der schneidenden Kälte, treten von einem Fuß auf den andern, hüpfen mit verschränkten Armen, Hände unter den Achseln, auf der Stelle. Der *Döner* ist eine Berliner Institution, und es gibt mehr Kebab-Buden in der Stadt als McDonald's – Mauro wird im Lauf seines Aufenthalts mehr als dreißig durchprobieren und schließlich seinen Lieblingsdöner küren, der in einem Wagen an der U-Bahn-Station Mehringdamm zubereitet wird. Knusprig durch die Fleischscheiben, süß durch die gegrillten Zwiebeln, knackig durch die Pommes, weich durch das Brot, sämig durch die fette Soße, von der das Ganze getränkt ist, und heiß, heiß, heiß: der perfekte Brennstoff.

Diese Märsche, dazu da, die Stadt zu erkunden, sich ein Bild von ihr zu machen, sind auch eine Art und Weise, sich einen Denkraum zu öffnen: Wenn sein Körper in der eisigen Luft dampft, wenn er sich einen Weg bahnt durch das Labyrinth einer im Wandel begriffenen Stadt, dann ist es sein Leben, das Mauro sich vorstellt und erkundet, dann ist es sein Leben, über das er sich klar wird.

Kilometer um Kilometer lässt er die letzten Jahre Revue passieren. Die Semester Wirtschaftswissenschaften in Censier bis zum Examen, das er schafft, weil er sich am Tag vor den Klausuren auf den Hosenboden setzt, einziger Intensitätsschub in einem transparenten, wattigen Studienjahr; kollektives Herumhängen, köstliches Versumpfen, der Rauch der Joints vernebelt die Tage, verdunkelt die Nächte, alles treibt dahin und nichts bleibt im Gedächtnis hängen – verdammt, wo sind bloß die Jahre geblieben? Das Lissaboner Intermezzo wie eine sonnengetränkte Orange, die Wirtschaftshochschule für die bourgeoisen Erben des Systems lässt er links liegen und macht lieber Erfahrungen mit dem Gemeinschaftsleben, Mitbewohner, die nur ans Essen denken, feiern Gelage von vier bis fünf Stunden, wobei ununterbrochen geredet wird, in einem Sprachengemisch aus Baskisch, Spanisch, Portugiesisch, Italienisch – und Mias Zunge mischt sich mit seiner; Mauro kocht gigantische Aufläufe für die Runde, Zitronenpudding, Arme Ritter, Suppen und Brühen aller Art; unentwegt werden hausgemachte Marmeladen und Würste vom Bauern beschafft, in Zeitungspapier eingewickelte, auf dem Grund von Sporttaschen transportierte Schätze. Im Sommer die Rückkehr, das Erasmus-Kapitel ist abgeschlossen und der Master geschafft, bye-bye Lissabon, Ende des Liebesfests und plötzlicher Einbruch der Leere, undurchsichtige Zukunft, Grübeln und Misere, auf dem Rückweg macht das Auto schlapp im Hof eines Bauernhauses der Charente, wo sein Cousin mit Jeanne lebt. Es ist Hochsommer, das Land zirpt, träge, Mauro dreht sich zwei Monate im Kreis, planlos, aber mit einer Gewissheit: Er wird im Herbst nicht an die Uni zurückkehren.

In diesem Stadium seiner Berlinerkundung legt Mauro öfters eine Pause ein, betritt die erste Kneipe, die er auf seinem Weg findet, sichtet einen Tisch bei der Tür: Jeanne, er denkt an sie.

Strohhut auf dem Kopf, ausgefranste Jeansshorts über Sprinterinnenbeinen, kleine Füße in Lederballerinas und unermüdlich im Einsatz – Schafe, Hühner, Schweine, Gemüsegarten. Er schaut ihr nach, wenn sie über den Hof geht, einen Spaten in der Hand, konzentriert. Er hört ihr zu, wenn sie sich vor die Küchentür setzt, eine Zigarette rollt und ihn fragt: Du studierst also Wirtschaft? Da zuckt er zusammen, nickt, wie sie mit dem Rücken an die warme Wand gelehnt, ein Bier in der Hand. Jeanne interessiert sich nämlich für Ökonomie, beteiligt sich an den Debatten in den Blogs, in den Foren, liest die Theoretiker des Nullwachstums, verfolgt die neuen Trends der biologischen Landwirtschaft. Sie lächelt: Übrigens, abgesehen von Wein und Zigaretten wird das meiste, was wir hier essen, auch das Fleisch, an Ort und Stelle produziert, ist dir das eigentlich aufgefallen? Mauro schüttelt den Kopf, nein, ihm ist nichts aufgefallen.

Sie ist die erste Köchin, die er kennenlernt, Köchin von Beruf, Köchin seit jeher. Den Sommer über zeigt sie ihm etwas ganz anderes als die gastronomische Improvisationskunst, die er kennt, die der Freunde, die ihre Erfahrungen mischen. Sie führt ihn in ein anderes Gebiet ein, das Gebiet der Ökologie, der irdischen Ressourcen. Es ist ein weites Terrain mit Früchten und Gemüsen, gelben Birnen, Zucchini der Sorte Diamant, jungen Karotten und Ochsenherztomaten, schmackhaften Wurzeln, Sultane-Auberginen und Wildkräutern, Kerbel, Salbei und Brennnesseln. Es ist ein Kontinent, bevölkert von Kleingeflügel, das man am Hals packt, wo man mit dem Schwein Napoleon spricht, wo der Stier Soleil regiert, es ist eine menschliche Küche. Eine andere Welt. Es passiert etwas. Mauro mag, dass Jeanne lebt, wie sie denkt, verbunden mit der Erde, mit den Jahreszeiten, er mag ihre Energie und die Klarheit ihrer Stimmungen – die offene Fröhlichkeit, die aufbrausende Wut –, und ich glaube, die Sicherheit ihrer Gesten, ihrer Schritte, ihres Blicks hat ihn umgehauen.

Mauro kehrt nicht sofort nach Paris zurück, verlängert den Sommer auf dem Bauernhof, arbeitet mit den Saisonarbeitern, und als er Ende September von den Landes nach Berlin aufbricht, um Joachim wiederzutreffen und die Ungewissheit noch etwas andauern zu lassen, macht er Halt in Paris bei Gibert, Place Saint-Michel, und kauft dort außer einem Berlin-Führer auch einen Stapel Kochbücher, die für die Vorbereitung auf die Abschlussprüfung geeignet sein sollen.

An diesem Novembermorgen streckt Mauro in der dämmrigen Wohnung der Lottumstraße, wo das Kondenswasser über die Fenster rinnt, einen Arm unter dem Federbett hervor und greift in seine Reisetasche, wedelt mit der Hand darin herum, als prüfte er die Temperatur in einer Badewanne. Bei seinem Stöbern, mit dem er ein paar Euro zu Tage fördern will, streift er den kalten Schutzumschlag eines der Kochbücher, das er vergessen, nie aufgeschlagen hat. Er nimmt es heraus, betrachtet es erstaunt, als hätte er es aus der Tiefe der Zeit an die Oberfläche der Gegenwart gehoben, dann steht er auf und macht sich auf den Weg in die Bibliothek am Wasserturm an der Prenzlauer Allee – in welchem Augenblick, in welchem Augenblick genau stabilisiert sich der Lauf des Lebens, entscheidet sich für diese Option als mögliche oder wünschenswerte Zukunft, diese und nicht jene, diese und keine andere? Während seines Aufenthalts in Berlin, denke ich oft, von dem er allerdings nur ein Gefühl von Kälte und weiten Entfernungen zurückbehielt, hat Mauro angefangen, erwachsen zu werden, das Königreich der Jugend hinter sich zu lassen. Jetzt findet er einen Platz im Lesesaal und beginnt mit der Lektüre. Der Ort ist modern, hell, ruhig. Es ist warm.

2

Aulnay – *Kuchen, Carbonara,*
hausgemachte Pizza

Er hatte nie an Kochen als einen möglichen Beruf ge-
dacht. Heute erzählt man gern von dem kleinen Jungen,
der sich zur Essenszeit in der Küche herumtrieb, auf Ze-
henspitzen die Nase in die Töpfe steckte, durchs Back-
ofenfenster spähte, den Finger in die Sahne tauchte –
was essen wir? Was ist das? Man erinnert sich an den kon-
zentrierten, schmächtigen Grundschüler, der ein Buch
mit Backrezepten bekommen hatte und mehrere Monate hindurch jeden Tag, wenn er von der Schule kam,
einen Kuchen fabrizierte, ein wenig so, wie andere in ihr
Zimmer gehen und Legowelten bauen, Weltraumrobo-
ter gegeneinander kämpfen lassen, zocken, Fußballspie-
ler malen oder einen Comic aufschlagen. Aus solchen
Geschichten entsteht eine Legende, lässt sich eine Logik
ableiten von der Art »Schon als ganz kleiner Junge …«.
Denn von Berufung, von einem Ruf, der ins Ohr dringt,
von Leidenschaft, die den ganzen Körper in Spannung
hält, kann damals keine Rede sein. Sosehr ich in seinen Heften, seinen Zeichnungen, den Briefen, die er zu

Weihnachten seiner Großmutter schreibt, nach Spuren davon suche, ich finde keine. Mit sieben träumt er eher davon, Clown zu werden, mit fünfzehn, Geld zu machen, reich zu werden, ein internationales, aufregendes Leben zu führen, das Leben eines Golden Boy – und bestimmt äußert er diesen Wunsch, um seine unkonventionellen, superintelligenten Eltern zu ärgern, für die der Wunsch nach Reichtum eine Absurdität ist, Zeichen einer pubertären Krise, die vorübergeht: Schulterzucken und verstohlenes Lächeln.

Mauro wächst im Departement Seine-Saint-Denis in einer Künstlerfamilie auf – Vater mit tausend Berufen, Mutter Bildhauerin, eine jüngere Schwester. Das Paar hat in Aulnay-sous-Bois mehr gefunden als Wohnraum: einen Ort der Kreativität.

Man schwimmt nicht im Geld in diesem Haus, das stimmt. Trotzdem ist man nicht bereit, Kompromisse einzugehen bei dem, was auf den Tisch der Familie kommt – Wohlgeschmack und Abwechslung: Man isst nicht wahllos. Man isst auch nicht stillos: Die Teller haben ein Blumenmuster, die Gläser Tulpenform, die gerollten Stoffservietten stecken in Buchsbaumringen. Bei den Mahlzeiten, so die Vorstellung, geht es um eine Beziehung zum Körper und eine Verankerung in der Welt, um die Idee des Bewusstseins seiner selbst, anders gesagt, um das, was den Menschen vom Tier unterscheidet – Jacques, Mauros Vater erinnert in diesem Zusammenhang gern daran, dass es für das französische »manger« im Deutschen zwei Verben gibt: *essen* (Menschen) und *fressen* (Tiere).

Von der mütterlichen, italienischen Seite überliefert, führt diese Kultur der Kommensalität im Alltag zu einer Ritualisierung der Mahlzeiten, die jeder respektiert. An die Seite Annas, der abenteuerlustigen und kultivierten Mutter, tritt dabei auch eine Großmutter mit legendären Gerichten, eine wandelnde Schatzkammer der toskanischen Küche, deren Rezepte etwa der berühmte *Talismano della felicità* verzeichnet. Wenn der Junge die Küche betritt und sich ein Geschirrtuch um die Taille bindet, dann steht er unter dem Einfluss dieser beiden gegensätzlichen, sich ständig aneinander reibenden Kräfte, die zusammen als Katalysator für die Entwicklung jedes Kochs fungieren: Kreation und Tradition, Erneuerung und Gewohnheit, Überraschung und Schlichtheit.

Anfangs jedoch spielt das Kreative die größere Rolle, es ist für den Jungen entscheidend. Vermutlich weil er seine Mutter tagein tagaus bei der Kunst beobachtet, das, was sie zur Verfügung hat, zu verwerten und es zu verfeinern, vermutlich weil er sieht, wie sie mit Pfiffigkeit und Einfallsreichtum der alltäglichen Knappheit trotzt – mit anderen Worten, es handelt sich um unendliche Variationen auf der Basis einfacher, preiswerter Produkte, Fleisch gibt es ein Mal pro Woche, Restaurantbesuche nie.

Von Anfang an ist die Küche für Mauro ein magischer Ort, gleichzeitig Spielwiese und Experimentierfeld. Er setzt Feuer und Wasser ein, benutzt Maschinen und Apparate, und bald beherrscht er einige Verwandlungstechniken: Schmelzen und Kristallisieren, Eindampfen und Sieden, das Überführen vom festen in den flüssigen Zustand, von Kaltem in Warmes, von Weißem in Schwarzes – und umgekehrt –, von Rohem in Gekochtes. Die Küche ist Schauplatz der Transformierung der Welt. So dass Kochen schnell etwas anderes wird als ein Spiel mit festen Regeln, es ist Anschauungsunterricht, ein chemisches und sensorisches Abenteuer.

Mauro ist also zehn, als er mit dem Kuchenbacken anfängt. Jeden Abend geht er in die Küche, nachdem er seine Schultasche quer durch sein Zimmer gepfeffert hat. Um diese Zeit ist er allein und der Herr im Haus. Er sichtet die Vorräte, untersucht den Kühlschrank, schlägt dann das Kochbuch auf und wählt ein Rezept aus, das den Zutaten entspricht, die ihm zur Verfügung stehen und die er übersichtlich auf dem Tisch zurechtlegt. Dann liest er das Rezept und vergegenwärtigt sich im Geist den Arbeitsablauf. Bald schon sieht man ihn schütten, trennen, wiegen, schlagen, zermahlen, erhitzen, abmessen, umfüllen, rühren, kneten, schneiden, schälen, dünsten, arrangieren, mischen, und so bereitet er, indem er die Handgriffe der Erwachsenen nachahmt, den Seinen etwas zu essen.

Denn Kochen bedingt schon immer die anderen, die Gegenwart der anderen, die im Kuchen steckt wie der Geist in der Lampe. Denn die Zubereitung eines Gerichts ruft unmittelbar nach einem gedeckten Tisch, einem anderen Gast, nach Sprache, Emotionen und allem, was sich an Theatralischem bei einer Mahlzeit abspielen kann, vom Auftragen der Speisen bis hin zu den Kommentaren, die sie auslösen – Borborygmen der Gäste mit vollem Mund und aufgerissenen Augen. Genau darin besteht Mauros Vergnügen, der, zum Jugendlichen herangewachsen, in seinem Umfeld die Rolle des Kochs beibehält, wie andere die Rolle des Sonnyboys, des Mechanikers, des Schlaubergers, des Gauners, des Schürzenjägers, des Sportlers oder auch des Spaßvogels der Clique übernehmen – die Clique, das sind sechs Jungs, die sieben Jahre miteinander die Schulbank drücken und unzertrennlich sind. *Ich habe nie für mich allein gekocht* – und er reicht mir einen Teller mit gegrilltem Tintenfisch.

Was ihn entzückt in seiner Backphase ist die Zauberkraft des Kochbuchs. Als ginge der Kuchen aus dem Rezept hervor, als würde er aus der Sprache genommen wie am Ende der Backzeit aus dem Ofen. So dass Mauros Wortschatz, einschließlich des Küchenvokabulars, umso größer wird, je mehr Erfahrungen er sammelt. Wer nach einem Rezept vorgehen will, muss Sinneswahrnehmungen mit Wörtern, mit Begriffen abgleichen – beispielsweise knackig von kross und kross von knusprig unterscheiden oder die verschiedenen Tätigkeiten spezifizieren können wie Anbraten, Anbräunen, Anrösten, Anschwitzen, Angehenlassen, Blanchieren, Reduzieren, oder auch die Farbabstufungen, die Vielfalt der Texturen und Geschmacksnuancen mit dem unendlich ausdifferenzierten kulinarischen Vokabular verknüpfen. Mauro lernt diesen Jargon wie eine Fremdsprache im Lauf all der Charlotten, Babas, Schneeeier, Marmorkuchen, Cheesecakes, Zitronentartes mit Baiserhaube, Puddings, Makronen, Pistazienküchlein, Bayerischen Cremes, Crèmes brûlées, Schokoladentörtchen, Kirschaufläufen, Tiramisus, Königin-von-Saba-Torten und anderen Königskuchen.

Gleichzeitig schult Mauro auch seine Sinne, bald kann er abschätzen, wie viel ein Fingerhut, ein Teelöffel, eine Prise Salz ist, kann das Volumen und die Masse von 250 Gramm Mehl und 50 Gramm Butter taxieren, weiß mit Temperaturen umzugehen und kennt die Kochzeit für ein Ei, eine Creme, einen Apfel. Seine Empfindungen verfeinern sich allmählich, sie werden in jeder Phase der Zubereitung zusammen aktiviert, gebündelt zu einer einzigen Bewegung, als würde der Junge selbst mit sich eins werden, das ist Synästhesie, ein Fest, und jetzt kocht er mit dem Ohr genauso wie mit der Nase, mit der Hand, mit dem Mund oder dem Auge. Sein Körper existiert jetzt mehr, er wird zum Maß der Welt.

Rückt die Kindheit ferner, lässt der Wunsch nach, bei Tisch den Erwachsenen, Eltern oder Freunden zu imponieren. Mauro hat viel anderes zu tun, eine Jugend zu leben, und es hält ihn nicht mehr im Haus. Seine Ausflüge in die Küche setzt er zwar fort, aber jetzt für seine Kumpel und weil es besser und billiger ist. Er hat immerhin Prinzipien: Junkfood ist ein Angriff auf die Armen, das industriell hergestellte Fertiggericht ein Zeichen für die Einsamkeit der urbanen Lebensweise. Als dreizehnjähriger Ideologe bestimmt Mauro: Tiefkühlpizza geht gar nicht, so wenig wie McDonald's. Die Kumpel sagen o. k., drehen ihre Hosentaschen um und fragen sich laut, was mit einer »warmen Komplettmahlzeit« für 7 Euro konkurrieren könnte. Ich! Mauro ist plötzlich aufgesprungen.

Von nun an versucht er sich samstagabends, wenn die

sechs Freunde bei ihm zu Hause auflaufen, an einem Gericht, denn auch die reine Immanenz der gymnasialen Faulheit – die eine Gnade ist, aber auch eine Belastung, das muss man ein für alle Mal zugeben – erfordert ihre Quote an langsamen Kohlehydraten und ihre Dosis an Kalzium.

In diesen Jahren leben die sechs in Aulnay von hausgemachter Pizza, Spaghetti Carbonara, Bratkartoffeln mit Schalotten, von Mousse au Chocolat und Crêpes Suzette. Das ist lecker, Jungs, und es ist nicht teuer, sagt Mauro, wenn sie sich am Wochenende oder nach der Schule bei ihm treffen, sich auf die Sofas lümmeln und eine Kasse herumgehen lassen, in die jeder 3 bis 4 Euro wirft – ohne die Cola, ohne das Bier, ohne die Zigaretten. Da wird gemotzt, da wird gespottet, und schließlich wird nach Herzenslust gefuttert, wobei man lauter kleine Schmatzgeräusche von sich gibt, man lässt es sich schmecken.

Damit ist Mauro auch für die Bevorratung der Truppe zuständig, bevor man zu einer Tour hierhin oder dorthin aufbricht. *Vorräte auffüllen, einkaufen gehen, das hat mir schon immer Spaß gemacht*, erzählt er und schiebt einen Einkaufswagen durch die Gänge des riesigen Supermarkts an der Porte de Bagnolet, wohin ich ihn eines Morgens begleite, fünftausend Quadratmeter, in denen er sich perfekt zurechtfindet. Im Gegensatz zu den Leuten – zu denen ich gehöre –, die jede Woche von neuem in den Minisupermarkt ihres Viertels gehen und sich vor denselben Regalen mit den gleichen Produkten in gleicher Menge eindecken, lässt er sich treiben, schaut sich um, flaniert, nicht im Geringsten überwältigt von den unendlichen Varianten ein und desselben Nahrungsmittels, von den identischen Packungen der Getreideflocken, von der Vielzahl der Buttersorten – Fassbutter, Rohmilchbutter, Süßrahmbutter, Sauerrahmbutter, gesalzene Butter, Halbfettbutter, Bauernbutter, Butter aus Surgères, abgepackt in Plastikdosen, in Alufolie oder Pergamentpapier gewickelt und mit bretonischen Kreuzen verziert. Im Gegenteil, es scheint ihn glücklich zu machen, dass er die Wahl hat. Bald bleibt er vor dem Regal mit den Tomatensoßen stehen, greift nach einem von zwei Dutzend verschiedenen Gläsern, dreht es in den Händen, betrachtet die Farbe, liest die Angaben auf dem Etikett – ich sehe ihm zu, warte darauf, dass er etwas sagt –, wendet sich dann zu mir um und erklärt: *Heute Abend machen wir etwas Neues!* Er ist nicht nur unschlagbar, was Kekse, Öle, Reis angeht, er weiß auch, welche Nudelmarke die beste für eine Bolognese (Barilla) oder eine Arrabiata ist (Panzani). Ich frage ihn, ob er damals, als er fünfzehn war und mit seiner Clique für eine Woche eine Ferienwohnung gemietet hatte, auch schon die Menüs zusammengestellt hat, und er nickt, na klar, sonst isst man irgendwas drauflos, und mir macht es Spaß, etwas zu komponieren.

3

Restaurantbetriebe – *Tournedos Rossini*

Im Frühsommer 2004 arbeitet er zum ersten Mal in einem Restaurant, einer Brasserie beim Hôtel des Invalides, La Gourme. Ein Sommerjob, entlohnt mit 1000 Euro pro Monat, vermittelt durch seinen Vater, der den Wirt kennt. Vornehmes Lokal, anerkannt gute Küche, rote Kunstlederbänke und hohe Spiegel, eine Kundschaft schmerbäuchiger Feinschmecker in anthrazitgrauem Anzug und dunkler Krawatte, gern unter großen weißen Servietten verborgen, die sie wie riesige Lätze um den Hals geknotet haben, also nicht viele Frauen – manchmal bin ich die einzige, in einer Ecke, hinter einem Krimi verschanzt, laure ich auf Mauro, warte darauf, dass er zwischen den Flügeln der Schwingtür auftaucht, aber er ist nie zu sehen, der Wirt persönlich, ein jovialer Typ, schaut grüßend und scherzend bei den Gästen vorbei.

Die Karte von La Gourme ist einer gastronomischen Kultur verpflichtet, die sich vor allem als Qualitätshandwerk versteht: traditionelle Rezepte, großzügige Portionen, hochwertige Produkte, also Sinn für Beständigkeit und wenig Überraschung. Die Philosophie des

Unternehmens ist klar: Hier stellt sich der Koch in den Dienst der Materialien und nicht umgekehrt, und diese Art Demut sorgt zusammen mit den jeweiligen saisonalen Produkten für perfekte Ergebnisse. So sind auch die Kunden der Brasserie keine Abenteurer, sondern eher Stammgäste, Menschen, die wenig Risiken eingehen, die etwas wiederfinden wollen, was sie kennen oder gekannt haben, und die herkommen, um ein sensorisches Archiv zu reaktivieren – Kaninchenterrine mit Pistazien, Sieben-Stunden-Lammkeule, Apfelkuchen nach Großmutterart oder auch diese fein gerippte Madeleine, die man am Ende der Mahlzeit in einen dünnen Tee tunkt.

Das Traditionsunternehmen La Gourme ist eines der letzten Pariser Restaurants, das in der Küche einen eigenen Fleischer beschäftigt: Jeden Tag um vier Uhr morgens fährt der Chef zum Großmarkt nach Rungis, um mit verschiedenen Stücken von rotem oder weißem Fleisch zurückzukommen und sie seinem Boucher aufs Hackbrett zu legen, der sie entsprechend den auf der Karte stehenden Gerichten präpariert. Ein Qualitätsanspruch, der als Reklame wirkt: Das Fleisch ist hier gut, das spricht sich herum.

Während des Sommers entdeckt Mauro also die bürgerliche französische Küche – ein anderer Planet für diesen Jungen, der seine erste Foie gras mit fünfzehn an Weihnachten bei seiner Tante gegessen hat und für den die zu festlichen Gelegenheiten von seinem Vater im

Feinkostgeschäft bestellten Eier in Aspik den Gipfel der Raffinesse darstellen – die essbare Hülle, die irisierende Transparenz, die zarten Farben.

Er wird der Kalten Küche zugeteilt – das ist alles, was als Vorspeise serviert wird und nicht mehr gekocht werden muss –, und mit einem wichtigen Ort betraut, der Speisekammer, wo Gemüse und Früchte aufbewahrt werden, die er kennenlernt, so dass er bald per Augenschein die Saftigkeit einer Tomate, die Zartheit eines Spargels, die knackige Frische eines Friséesalats beurteilen kann. Jeden Tag zieht er eine weiße Schürze aus grobem rauem Stoff an, die ihn umhüllt und hält wie eine Uniform, dann legt er los. Die Mise en Place ist einfach, und außer den Pasteten, die in Steinguttöpfchen präsentiert werden, richtet man die Vorspeisen auf Tellern an: Tomatensalat, Hering an Kartoffelsalat, Geflügelleberterrine mit Chutney, Russische Eier, Avocado-Crevetten-Cocktail, Meeresfrüchte. Oder auch die berühmte im Tuch gegarte Foie gras, serviert mit getoasteten, in eine Serviette eingeschlagenen Landbrotscheiben.

Mauro kommt gut klar in La Gourme, er mag, was er tut, er sagt, die harte Seite der Gastronomie habe er da nicht kennengelernt, die 70-Stunden-Wochen, den autoritären Führungsstil, das Tempo und den Druck – doch er macht sich nichts vor: als Sohn eines Freundes hat er wahrscheinlich eine Vorzugsbehandlung genossen. Trotzdem bedeutet diese erste Erfahrung für ihn noch nicht den Einstieg in einen zukünftigen Beruf. Wenn man ihn hört, hätte er ganz genauso gut in einem Kino, bei einem Fahrradhändler oder am Schalter einer Bankfiliale arbeiten können. Er versichert, er habe einfach die Gelegenheit ergriffen, ein paar Kröten zu verdienen, bevor er mit seiner Clique zum Zelten fuhr, und auch wenn es ihm riesigen Spaß gemacht hat und er geschickt darin war, die beiden dicken Gänseleberscheiben auf dem Teller anzuordnen, ohne sie zu zerbrechen, und sie mit zwei gleich großen konischen Häufchen Pfeffer und Salz und einem Löffel Feigenkonfitüre zu garnieren – das Kochen bleibt eine Leidenschaft, die er erklärtermaßen nicht zu seinem Beruf machen will. Während die Mehrheit der aus einer Fachschule hervorgegangenen Lehrlinge am Ende des ersten Jobs versucht hätte, eine feste Anstellung zu finden, pfeift Mauro vor sich hin, als er La Gourme verlässt, kettet sein Fahrrad los und macht sich ab September wieder auf den Weg in die Hörsäle der wirtschaftswissenschaftlichen Fakultät, die er ein paar Wochen später gegen die der katholischen Universität von Lissabon eintauscht, wohin er im Rahmen eines Erasmus-Programms für ein Jahr aufgebrochen ist.

Das zweite Restaurant ist eine ganz andere Erfahrung. Sie bietet sich zwei Jahre später, im Sommer 2006.

Das nach der Erasmus-Periode eingelegte Sabbatjahr geht dem Ende zu, und Mauro kehrt zurück von seinen Auslandsaufenthalten, seinen Reisen – Berlin, Italien, Venezuela. Er bezieht im 13. Arrondissement eine Ein-zimmerwohnung, die ihm ein Freund bis zum September untervermietet. Er ist in Mia verliebt, die ihrerseits in Lissabon geblieben ist, und verbringt eine irre Zeit im Internet auf der Suche nach billigen Last-Minute-Flügen, die aber nie billig genug sind, als dass er sie sich leisten kann. Denn er hat beschlossen, seine Eltern nicht mehr um Geld zu bitten und den ganzen Sommer zu arbeiten. Er schaut sich in der Gastronomie um – noch ohne laut darüber zu sprechen, weiß er, spürt er jetzt, dass er diesen Weg einschlagen, dass er Koch wer-den könnte. Was aber veranlasst ihn dann, sich für ein unbezahltes Praktikum zu bewerben? Ich versuche, ihm das auszureden, als wir uns eines Abends im Schwimm-bad treffen und Mauro, der die vorgeschriebene Ba-dekappe vergessen hat, nacheinander vierzehn kleine Münzen in den Automatenschlitz steckt, ohne den nö-tigen Betrag zusammenzubringen – ich steuere den Rest bei. Warum legst du solchen Wert darauf, umsonst zu arbeiten? Mauro verspannt sich, sein Gesicht wird hart: Er denkt langfristig, er will lernen, sich in Spitzenbetrieben weiterbilden, auch wenn er umsonst schuftet. *Ich danke dir, aber ich weiß, was ich tue.*

Das Sterne-Restaurant Merveil in der Rue Lamarck, an der Rückseite der Butte Montmartre, ist dieser Spitzenbetrieb, vornehm, konservativ, luxuriös. Die beste Adresse im Norden der Hauptstadt. Gastraum mit sechzig Gedecken, Holzvertäfelung, geraffte Vorhänge, Chintz, runde Tische mit schweren, bis auf den Boden hängenden Tischtüchern, weiße Servietten, geschliffene Gläser und Tafelsilber. Exakt, sorgfältig servierte Gerichte, eine Genauigkeit, die für Mauro neu ist und die er in der Küche lernt. Unter Druck.

Am Anfang ist der junge Mann überrascht. Zum ersten Mal ist er mit diesem Wunsch nach Meisterschaft konfrontiert, mit diesem stummen Anspruch auf Exzellenz, ein Anspruch, der die gesamte Arbeit eines Kollektivs organisieren, eine Hierarchie in Gang halten, eine komplexe Struktur sich unterstützender und bekämpfender Rivalitäten und Mikromächte entstehen lassen kann, der die Angestellten dazu aufruft, über sich selbst hinauszuwachsen, ein Anspruch, der Methode hat.

Vor allem dringt der junge Mann in eine andere Welt ein. Sie ist zweigeteilt durch eine Wand mit Flügeltür, getrennt in zwei gegensätzliche Zonen: den Gastraum zur Straße hin und die Küche nach hinten. Ersterer ist ein Theater, ein dem Blick dargebotener Ort der Repräsentation. Geräumig, erleuchtet, friedlich. Was sogleich

auffällt, sind die gedämpften Geräusche, eine von Empfindungen, Blicken, Absichten getränkte Ruhe. Man
nimmt Geflüster wahr, das Klirren der Gläser, das Ra-
scheln der Tischtücher und der Stoffe, die sich an der
Rückenlehne der Sessel reiben, man riecht den süßen
Duft der frischen Blumensträuße und spürt die weiche
Dicke der Teppiche, in denen die Absätze der Pumps,
die Ledersohlen versinken; man stellt sich das Anrich-
ten der Speisen vor, die ausgeklügelte Ordnung auf
dem Teller, die Tupfen von Balsamessig auf dem Por-
zellan und die zu Rosen arrangierten Rote-Bete-Chips,
die schmelzenden oder knusprigen Miniatur-Appetit-
happen in zarten Schälchen, die raffinierten Gläschen
mit Dip-Dye-Farbverläufen, die petunienverzierten
geeisten Austern, man entdeckt hier die Süffigkeit der
Weine, die sich am Gaumen langsam entwickeln, ihren Geschmack, der nach und nach den ganzen Körper
überwältigt und diese anhaltende und sinnliche Wirklichkeit herstellt, in der man sich auflöst; man entdeckt
den sanft beleuchteten, intimen, rosagetönten Raum,
in dem gerade so viel Schatten wie nötig auf den Gesichtern derer liegt, die da schwelgen und lächeln, hem-
mungslos ihr Privileg genießen, obszön in ihrer Lust,
während sich auf der anderen Seite der Schwingtür die
Kulissen öffnen, die zweite Zone, in der umgekehrte
Gesetze herrschen.

Vorbei die angeregte Stille, die Klangtextur der Ruhe,

hier ist es laut: Zischen der Gasflammen, Kreischen der Klingen, Brummen der kleinen Motoren, die hier und da im Einsatz sind, Blubbern der Blasen an der Oberfläche der Bouillons, metallisches Schaben und Klappern. Die Zeit verfließt nicht mehr in eine Folge sinnlicher Empfindungen, sie teilt sich in Minuten, in Kochzeit oder Anrichtezeit, sie wird skandiert von der Stimme, die die Bestellung durchgibt, und der Klingel, die das fertige Gericht ankündigt, auch der Raum ist hier unterteilt, gegliedert, jedem ist ein Platz zugewiesen, jeder besetzt einen Posten, die Abläufe sind millimetergenau aufeinander abgestimmt und werden ausgelöst durch Gehorsam, Disziplin, Befehlsausführung: Es ist eine militärische Organisation, die Männer bilden eine Brigade.

Mauro verliert seine Illusionen, man behandelt ihn wie Dreck. Man fährt ihn an, man macht ihn fertig. Er hat das Gefühl, dass immer einer hinter ihm her ist, ihm im Nacken sitzt, ihm in den Ohren liegt. Er stellt fest, dass alles, was hier gesprochen wird, hastige Kurzanweisungen sind und die einzige tolerierte Antwort darauf Kopfnicken und Zustimmung. Man zeigt ihm übrigens auch nicht viel: Es ist an ihm, sich anzupassen, an ihm, zu beobachten und zu verstehen, an ihm, den allgemeinen Arbeitsrhythmus zu lernen, ohne innezuhalten, ohne die ganze Küche mit seiner Unerfahrenheit und seinen Lücken zu belasten. Du hast zurechtzukommen und zu schuften. Eine Situation, die Mauro umso weniger akzeptieren kann, als er umsonst arbeitet: Er findet, man hält sich nicht an den Deal.

Eines Morgens mitten im Dienst bekommt Mauro einen metallenen Pariser Ausstecher voll ins Gesicht – er hat für die Kartoffelkugeln nicht den richtigen Durchmesser gewählt. Der Schlag überrascht ihn, er stößt einen Schrei aus, taumelt, seine Nase blutet, er schaut in die Runde: Jeder arbeitet schweigend vor sich hin, er fängt keinen Blick auf. Von seinem Posten aus schreit der Chef ihn an, er soll sich nicht aufspielen und es ruckzuck nochmal machen, so wie er es verlangt hat, das ist ja wohl nicht so kompliziert. Mauro löst die Finger von seinem Werkzeug – einem Sparschäler –, wischt sich mit dem Handrücken über die Nase, wischt sich die Hände in Brusthöhe an der Schürze ab, sammelt dann seine Messer ein, wäscht sie langsam ab, trocknet sie sorgfältig, verstaut sie in ihrer Tasche, knöpft seinen Kittel auf, während um ihn herum manche jetzt zögern, ihm verstohlene Blicke zuwerfen, aber ohne aufzumucken, ohne die Arbeit zu unterbrechen, dann nimmt er, immer noch ruhig, seine Messertasche, geht durch die Küche in Richtung Tür, am Chef vorbei, der ihm den Rücken zukehrt und weitermacht, als hätte er nichts gesehen, als sähe er nichts, und fegt im Hinausgehen mit der Hand eine große Edelstahlschüssel von der Arbeitsfläche, die krachend auf dem Boden aufprallt, während die Tür hinter ihm zuschlägt – ich habe ihn so schon Essensrunden, Vorlesungen, Kinos und sogar Mädchen verlassen sehen, es sieht ihm ähnlich, so zu verschwinden, schweigend und entschlossen, als könnte ihn nichts aufhalten, wenn er irgendwo entschieden hat, Schluss zu machen, gar nichts. Danach, als er am Weihnachtsabend für achtzehn Personen Chili con Carne kocht, wird er zu mir sagen: *Immerhin habe ich drei Wochen durchgehalten, das ist doch nicht schlecht, ich war schon zu alt, ich bin nicht den klassischen Weg gegangen, ich habe andere Erfahrungen gemacht und war nicht wie die Lehrlinge, die jünger sind, siebzehn, achtzehn, und leichter zu formen und zu beeindrucken.*

Draußen brennt die Sonne, Mauro ist geblendet, blinzelt, bindet seinen Drahtesel los, rollt die Rue Coulaincourt hinunter, ohne ein einziges Mal in die Pedale zu treten, fährt bis zur Place de Clichy und setzt sich dort auf die erste Terrasse, bestellt ein Schinkensandwich und ein Radler, lächelt, genießt, ist befreit.

Es ist Hochsommer, die Touristen sind in Paris. Es gibt Arbeit in den Restaurants, in den Bars und Cafés, regelmäßiger *turnover* in den Küchen der Hauptstadt. Eine Woche später hat Mauro eine Stelle als Jungkoch in einer Brasserie in Montreuil, Les Voltigeurs. Es ist sein erster Vertrag, eine Festanstellung mit Mindestlohn –

*in der Gastronomie wirst du immer festangestellt, immer
ist es der Koch, der geht, nie der Chef, der entlässt, die Arbeitskräfte sind viel zu rar!*, Mauro blickt blinzelnd von
einem Teller Erdbeeren auf, die er gerade im Garten
gepflückt hat, *aber Mindestlohn ist nicht gleich Mindestlohn, in einem Beruf, wo du leicht 70 bis 80 Stunden pro
Woche arbeitest, siebt dein Mindestlohn am Ende des Mo-
nats komisch aus.*

Das Restaurant ist groß: sechzig bis siebzig Plätze.
Ein vierköpfiges Team hat zwei Serviceschichten mittags und zwei abends zu bewältigen – *ziemlich sportli-
cher Job,* Mauro hält mir ein Schälchen mit Pistazien
hin. Keine Spitzenküche, aber die Produkte sind frisch,
der Rahmen angenehm, und der junge Mann versteht
sich gut mit den Betreibern, zwei Brüdern aus dem Ariège, hart im Nehmen, hart am Herd, beide gleich groß
und gleich beleibt, kahlrasierter Schädel, Kopf tief zwischen den Schultern, offenes Lächeln; im Gastraum ihre Frauen, Geschwister auch sie, große Klappe, herzlich,
fleißig, kräftiger Körper, breiter Kiefer und Raucherin-
nenstimme.

Im Les Voltigeurs setzt Mauro sich also dem Mas-
senbetrieb aus, dem Wahnsinnstempo, lernt mit dem
Stress der Stoßzeiten umzugehen, wenn die kaum ange-
richteten Teller am laufenden Band die Küche verlassen;
sein Körper entwickelt die nötige Widerstandskraft. Er
übertrifft sich selbst, ja, er voltigiert, schwingt sich von

einer Aufgabe zur andern, er wird vielseitig. Die Chefinnen nehmen ihn unter ihre Fittiche, verwöhnen ihn um die Wette mit dicken, von Proteinen strotzenden Kalbsleberscheiben an Himbeersoße, mit einer Tasse Fleischbrühe, die ihn kräftigen soll, mit Extraportionen hausgemachter Sorbets in Pastellfarben, aber er rührt nichts an, keine Zeit, keine Zeit, oder höchstens wie üblich im Stehen an einer Ecke der Arbeitsfläche. Die Chefinnen streiten sich auch darum, wer ihn verarzten darf, wenn er sich verbrennt, wenn er sich schneidet, und im Hof schauen sie ihm Seite an Seite zu, wie er seinen Fahrradreifen repariert, und präparieren ihm die Flicken. Mauro mag sie gern.

Bald verbringt er den ganzen Tag im Restaurant, manchmal döst er auf einer Bank im Hinterhof ein, wenn auch die Chefs ihren Mittagsschlaf halten, oder er ergreift die Gelegenheit, um ein wenig mit Mia zu plaudern und auf diese Weise sein Guthaben aufzubrauchen – Mia, die wahrscheinlich nur jedes zwölfte Mal ans Telefon geht und dann doch nicht zärtlich mit ihm reden kann, weil sie ebenfalls bei der Arbeit ist. In Wirklichkeit nutzt Mauro seine Pause nicht besser, weil er bereits zu müde ist, um loszuziehen, oder vielmehr, weil er fürchtet, noch müder zu werden, bevor die Abendschicht anfängt, und es für keine gute Idee hält, die Pausenzeit durch Radtouren zu verkürzen. Schwierig also, etwas zu unternehmen, mit einer Freundin – zum Beispiel mit mir – auf einer Caféterrasse etwas zu trinken, in einem klimatisierten Kino einen Film zu sehen, ins Schwimmbad zu gehen, eine Bootsfahrt zu machen.

Während der Sommer vergeht, bleibt Mauro auch einen guten Teil der Nacht im Les Voltigeurs, wo die Abende sich am Tisch der Chefinnen fortsetzen und nach Betriebsschluss oft noch unverschämte Typen hereinschneien. Mauro hasst ihre heuchlerischen Mienen, ihre Art, sich zu winden und sich zu verbitten, dass man ihnen ein Essen serviert, obwohl sie ja nur um diese Zeit hier auftauchen, weil sie genau wissen, man wird ihnen eine Stärkung, und möglichst eine ordentliche, niemals verweigern, und Mauro ist dann übrigens derjenige, der den Herd wieder anschaltet, nachdem er eine Viertelstunde damit zugebracht hat, ihn zu reinigen, und der wieder Topf und Pfanne hervorholt für ein Spezialomelette – mach ihnen ein kleines Champignonpüree, okay Mauro, wir wollen sie doch nicht auf dem Trockenen sitzen lassen, oder? Oft folgen die Flaschen, die Scherze, die lustigen Geschichten aufeinander bis zwei Uhr morgens, und je weiter die Nacht fortschreitet, desto lauter lachen die Chefinnen.

An einem Sonntag Mitte August bin ich mit Mauro in Vincennes verabredet. Wir treffen uns am See, beim Anlegesteg. Wir sitzen im Gras unter dem kühlen Schattendach eines Apfelbaums und warten auf unser Boot. Er ist um drei Uhr morgens schlafen gegangen, hat dunkle Ringe unter den Augen, den hageren Körper eines Marathonläufers, und schleckt langsam sein Pistazieneis. Als später unser fröhlich angemalter Kahn erscheint, ist mein Freund eingeschlafen, und ich verbringe den Rest des Nachmittags neben ihm mit Lesen und dem Vertreiben der über seinem T-Shirt schwirrenden Wespen.

Mauro beendet den Sommer im Les Voltigeurs, verliert drei Kilo und füllt dafür seinen Geldbeutel wieder auf, aber als die Ferienzeit vorbei ist, teilt er den Brüdern aus dem Ariège mit, er werde gehen. Den Chefinnen fällt die Kinnlade runter, sie machen große Augen und verstehen nicht: Les Voltigeurs, das ist eine Perspektive, die Aussicht auf Kontinuität in einer Berufswelt, in der er jetzt *seinen Platz hat*. Sie fühlen sich verraten, dieser Junge ist so was von undankbar! Mauro ruft mich abends an, um mir von seiner Kündigung zu erzählen, ich spüre seine Erregung, seine Wut und höre ihn zum ersten Mal sagen, er hält es nicht mehr aus in diesem Knast, verflucht, er geht auf dem Zahnfleisch, die Familienunternehmen, wo man sieben Tage in der Woche von morgens um sieben bis zwei Uhr nachts malocht, das ist nicht sein Ding: *zu gefühlig da drin, ich bin ja nicht ihr Kind, bin nicht wie sie, habe mein eigenes Leben, was ich will, ist ein geregelter Job, feste Arbeitszeiten und meinen Lohn.*

September 2006. Mauro verabschiedet sich von den Chefinnen, die lachend die Fäuste in die Hüften stemmen und ihn aufziehen: Schau, ob das Gras anderswo grüner ist, und dann komm schnell zurück, du bist doch hier zu Hause! Sie haben sich entspannt, als er ihnen seine Entscheidung mitgeteilt hat: nach dem Post-Erasmus-Sabbatjahr das Studium wieder aufzunehmen und am Institut für wirtschaftliche und soziale Entwicklung einen Master zu machen. Und sie sind sogar beeindruckt, nicken zustimmend, die akademische Welt, ehrfurchtgebietend und fremd, ist immerhin leichter zu schlucken als ein anderes Restaurant.

Mauros Entschluss überrascht auch seine Umgebung, allmählich kann man ihm nicht mehr folgen, was tut er eigentlich, studieren oder kochen? Der Junge erklärt sich: Der Rückkehr an die Uni liegt der Wunsch zu Grunde, mehrere Eisen im Feuer zu haben, mehrere Teller rotieren zu lassen wie ein chinesischer Jongleur, damit er immer etwas zum Spielen hat, wenn ein Teller zu Boden fällt und zerbricht. Zweifellos möchte er ein ohnehin schon originelles Profil weiterentwickeln, denn er merkt, ein weiter Horizont und geistige Offenheit verleihen ihm Einzigartigkeit. Die rasche Fluktuation des Personals, die er in der Gastronomie beobachtet hat, ermutigt ihn zu warten, er vertraut dieser Bewegung. Er sagt sich, er kann bestimmt hier und da stundenweise ein wenig Geld verdienen – was er jetzt erst einmal möchte, ist Mia im November in Lissabon treffen, sie in den Armen halten, den Duft ihrer Haare einatmen.

Doch da bietet ihm ein anderes Restaurant einen Job an, im 10. Arrondissement. Mauro trifft den Koch, der auch der Besitzer des Lokals ist. Es geht nicht um einen Aushilfsjob, sondern um eine richtige Stelle. Während aber der Arbeitsrhythmus im Les Voltigeurs seine kompletten Tage und zwei Drittel seiner Nächte beanspruchte, sieht es hier so aus, als ließen sich der Arbeitsaufwand, den man ihm nennt, mit etwas anderem kombinieren. Im Herbst 2006 unterschreibt Mauro seinen Vertrag – wieder Festanstellung mit Mindestlohn – und das Leben beschleunigt sich aufs Neue.

Le Villon ist ein kleines Feinschmeckerbistro in der Rue des Petits-Champs. Drei-Gänge-Menü für 35 Euro, einfache, aber sorgfältig zubereitete Gerichte. Zwanzig Gäste mittags, vierzig abends, allerdings nur eine Schicht und ein kleines Team, um den Betrieb am Laufen zu halten: zwei Köche, einer davon ist Mauro, und ein Spüler. Der Chef ist ein ruhiger Typ, schwarzes, im Nacken buschiges Haar, schmales Gesicht und tief in den Höhlen liegende marineblaue Augen. Mauro mag sofort seine schamhafte Art, seine Intensität, er ist Feuer und Flamme, er wird endlich hautnah miterleben, wie ein Restaurant von menschlichem Zuschnitt funktioniert, und nach den Erfahrungen in der Brasserie von Montreuil findet er es in den ersten Tagen *ziemlich locker*. Nur in den ersten Tagen. Denn ab Oktober stehen die Lehrveranstaltungen für den Master auf seinem Stundenplan, die Tage werden eng und zerstückelt, ein Wahnsinn. Er muss dringend das Rad wechseln, etwas Leichtes ausprobieren, ein luftiges, schnelles Gefährt, um durch die Stadt zu sausen. Er schnappt sich ein Fixie, pumpt die Räder hart auf und jagt jeden Morgen von der Rue de la Roquette in Richtung Père-Lachaise. Von Dienstag bis Samstag sind seine Tage folgendermaßen organisiert: 8-10 Uhr Master, große Vorlesung, Rue de Bagnolet. 10-14 Uhr Le Villon. 15-17 Uhr Master, Übung zur Vorlesung in Nogent-sur-Marne. 19-23.30 Uhr Le Villon.

Nun muss man durchhalten, das Tempo, den Tag durchhalten, nicht ins Schleudern kommen. Und dafür ein Leben in Kauf nehmen, das keinen Leerlauf kennt, keine andere Pause als die von 17-19 Uhr, diese beiden Stunden am Spätnachmittag, in denen er sich mit seinem Mineralwasser, Perrier mit Zitronenscheibe, zum Lesen in den stillen Nebenraum eines Cafés der Rue du Château-d'eau setzt.

Seine Fahrten mit dem Rad werden zu Denkpausen, in denen er den weiteren Tag durchgeht, die Aufgaben rekapituliert – auf dem Weg zum Le Villon überlegt er, dass er den Lieferanten, der am Vortag nicht gekommen ist, anrufen, eine Glühbirne austauschen, das Birnencarpaccio mit Roquefort versuchen muss; während er nach Nogent oder die Rue de Bagnolet entlangfährt, listet er auf, was er zu tun hat: das und das Buch aus der Bibliothek holen, in dem und dem Referat den und den Gedanken entwickeln, um jeden Preis den und den Professor treffen. Längst nicht erschöpft, putscht er sich jeden Tag noch mehr auf, beflügelt von der Idee, ständig in Aktion zu sein, was ihn gleichsam zusammenhält, beflügelt von der Vorstellung, dass er immer etwas zu tun hat, dass er einen Platz in bestimmten Prozessen einnimmt und dass aus diesen Stunden, diesen Tagen konkrete Handlungen, Erledigungen hervorgehen. Es ist ein Rausch. Kaum nimmt er wahr, dass sein Leben verkümmert, sein gesellschaftliches Leben und sein Gefühlsleben – die Sechserclique, die Familie, Feste, Kino, Lesen, Spritztouren, aber auch Mia, deren Gesicht täglich unschärfer wird, Mia hat er nie, wie versprochen, in Lissabon besucht, keine Zeit, zu viel Arbeit, und als sie ihn überraschend besuchte, hat er sie vernachlässigt, ist morgens aufgebrochen, wenn sie noch schlief, und mitten in der Nacht zurückgekommen, und dann war er zu müde, um ihr zu geben, was sie erwartete, zu müde letztlich, um sie zu begehren, nur einen Nachmittag hat er sich freigemacht, um mit ihr durchs Viertel zu

schlendern, aber ohne sich je vom Le Villon zu entfer-
nen, als wäre das Restaurant jetzt das Epizentrum ihrer
Geschichte, so dass Mia dann einen Tag früher nach
Lissabon zurückgekehrt ist und auf dem Bett nur einen
Zettel hinterlassen hat mit einem Wort, einem einzigen
Wort: basta.

4

Schläge

Eines Abends, ein oder zwei Monate nach seiner Zeit im Le Villon, sitzen Mauro und ich vor dem Fernseher der kleinen Wohnung im 13. Arrondissement, die er behalten hat – beim Anblick der spärlichen Einrichtung habe ich immer noch nicht den Eindruck, dass er hier wirklich eingezogen ist. Es läuft *Top Chef*. Die Realityshow ist ein Renner, ganz wie andere Serien ähnlicher Machart, deren Zuschauerzahlen ebenfalls unentwegt steigen. Der Koch ist in der heutigen Gesellschaft eine wichtige Figur geworden, ein Medienstar, der nicht mehr viel gemein hat mit dem mürrischen, geheimnisumwitterten Typen, der aus der Verborgenheit seiner Höhle Gerichte hervorzauberte, und die Küchen sind Fernsehstudios. Mauro zählt die Sendungen auf – *MasterChef, Ja, Chef!, Das perfekte Dinner, Der beste Pâtissier der Welt* –, und ich staune, wie viele es gibt. Mein Freund zuckt die Schultern: *Du weißt doch, wenn man vom Kochen redet, redet man nicht vom Rest, von all dem, was in der Welt schiefläuft; das Interesse an der Gastronomie ist nie so stark wie in Zeiten, in denen die Leute Sorgen haben: es beruhigt, es eint, es spricht den Körper an, es macht Spaß, es bedeutet Teilhabe, Theater, Wahrheit.* Düster fügt er hinzu: *Konkurrenz, Disziplin, Leistung: Da finden sich alle wieder, alle halten still.* Auf dem Bildschirm stehen in einer riesigen Küche mit diversen Kochinseln die Kandidaten aufgereiht, Arme verschränkt, und hören zu, wie der Moderator mit der aufgekratzten Stimme der Wettkampfbegeisterung den Kontrahenten die Regeln in Erinnerung ruft. Ein Taubengericht soll kreiert werden. Beim Anpfiff stürzen die Kandidaten an ihre Arbeitsplätze, kopflos, erst wissen sie nicht mehr, in welcher Reihenfolge sie vorgehen müssen, dann stabilisieren sich bei allen die Abläufe: Mit fortschreitender Zeit steigt der Druck.

Bist du sicher, dass du das anschauen willst?, frage ich erstaunt. Mauro antwortet nicht, er starrt auf das Bild, wo die jungen Leute jetzt schälen, schneiden, überbrühen. Die Geräte aus Edelstahl funkeln unter den Spots genauso wie die Lebensmittel, die lackiert zu sein scheinen, und wie die jungen Köche selbst, die prachtvoll aussehen in ihren Schürzen oder blütenweißen Kochjacken. Die Kamera verweilt auf ihren Gesten, ihren sorgfältigen Händen, die sich vervielfachen wie die einer indischen Göttin, Hände, die eine Taube zerteilen und gleichzeitig einen Tortenboden buttern. Schweißperlen treten auf die Gesichter, während die Zeit läuft, während der Moderator sich mit einem berühmten Koch unterhält und sie zusammen die Kandidaten würdigen, den Arbeitseifer, die Lust, über sich selbst hinauszuwachsen, den Heroismus. Ihre Zähne blitzen. Mauro steht plötzlich auf, bissig: *Ganz so nett geht es nicht zu in der Gastronomie, weißt du, es ist keine besonders liebevolle Welt* – ich höre ihn mit den Zähnen knirschen.

Gewalt ist ein altes Problem in den Küchen. Schläge, Werfen von Gegenständen oder Geräten, Verbrennungen, Beschimpfungen. Die Beengtheit verschärft die Berührungen, man schubst, rempelt sich an, erträgt den Ellbogen des Nebenmanns nicht – weg da! –, man verteidigt seinen Platz, sein Revier mit dem Körper, genauso wie man sich die Geräte, die Werkzeuge streitig macht. Geschichten dringen nach außen: Ein Jungkoch fängt eine Ohrfeige, weil er beim Nichtstun ertappt wird, obwohl er nur wartet, dass sein Topf mit Wasser vollläuft, ein anderer bekommt einen Teller ins Gesicht, weil er das Entrecôte zu lang gebraten hat, ein Dritter trägt von einem kochend heißen Löffel oder einer glühenden Klinge eine Verbrennung am Unterarm davon, weil ihm eine Buttersoße missraten ist. Die Neuen werden noch immer schikaniert, gedemütigt, rituellen Mutproben unterzogen – ich erinnere mich an den Lehrling, der vor allen andern anfing, um einen Vorsprung zu haben mit seiner Mise en Place; er war zwei Stunden früher aufgestanden, um seine Teller anzurichten, und der wütende Chef, der sich von dieser Initiative in seiner Autorität angekratzt fühlte, wischte sie alle mit einer Armbewegung vom Tisch. Das Schlimmste ist aber, dass diese Gewalt von den Köchen selbst als ein Gesetz ihres Metiers betrachtet wird, eine Ordnung, der man sich unterwerfen, ein Stadium, das man durchlaufen muss wie eine Initiation. Sie sprechen darüber wie über eine lobenswerte Tradition, ja, eine Erziehungsmethode. Um Koch zu werden, muss man ein bisschen was ertragen können. Wer diesen Weg einschlägt, ist gewarnt, er akzeptiert stillschweigend, geschunden zu werden, auszuhalten, abzustumpfen, er billigt die Vorstellung einer natürlichen Auslese, die Kümmerliche, Schwache, Zögernde, Aufsässige eliminiert.

Natürlich geht diese Kultur der Gewalt mit einem Diskurs über die in den Küchen herrschende Solidarität einher. *Es ist ein wenig wie eine Familie*, sagt Mauro, ohne die Kandidaten von *Top Chef* aus den Augen zu lassen, die auf dem Bildschirm agieren und im Moment nicht besonders brüderliche Gefühle hegen. Ich muss lächeln: Mauro, du wirst mir doch nicht mit der Familie kommen? Ich hätte ihn gern daran erinnert, dass nicht einer seiner Kollegen sich gerührt hat, als er das Merveil verließ, nachdem er den Pariser Ausstecher ins Gesicht bekommen hatte, aber er ist nicht einverstanden: *Ich kann dir versichern, die Chefs fühlen sich oft verantwortlich für »ihre Jungen«, wie sie sagen, sie kümmern sich, sie sorgen sich um sie, sie begleiten sie, und meistens sind sie da, wenn es Probleme gibt.*

Er berichtet jedoch von einer anderen Art Gewalt, einer heimtückischen, psychischen. Wenn der Anspruch zur Tyrannei, zur Obsession wird. Wenn der Druck, der in der Küche herrscht, von denjenigen verbreitet, erzeugt wird, die ihn selbst zu spüren bekommen, die seine perverse Mechanik in Gang setzen, manchmal vorwegnehmen und dadurch verstärken. Dieses Management durch Druck, daran sind alle beteiligt, und die Rivalität tut ein Übriges: *Wenn du zum Beispiel um acht zur Arbeit kommst, wie verlangt, und erfährst, dass alle schon seit sieben da sind und schuften. Was tust du also am nächsten Tag? Du kommst auch um sieben.* Eins immerhin betont er, und schaut mir dabei fest in die Augen: *Ich habe nie »Ja, Chef!« geschrien, wenn ich eine Anweisung oder einen Befehl erhielt, niemals.* Ich erinnere mich an einen Dokumentarfilm über die Küche eines Pariser Grandhotels; der Ton hätte im Hof einer Militärakademie aufgenommen worden sein können, etwa in West Point, wo Typen in Uniform bei jedem Befehl des Kerls, der vor ihnen steht, »Yes Sir« brüllen.

Mauro steht auf, um den Fernseher auszuschalten, während im Studio der Countdown begonnen hat – wir werden an diesem Abend nicht erfahren, wer der beste Küchenchef der Fernsehsaison ist, wer die hunderttausend Euro und den Segen einer Kommission aus Sterneköchen bekommen wird. Mauro dreht sich zu mir um und hält inne: *Aber das Härteste an dem Beruf, weißt du,*

das Härteste, finde ich, ist, dass man dem Kochen alles op-
fern muss, dass man sein Leben dafür geben muss.

5

CAP – *Blanquette de veau à l'ancienne, Himbeersabayon*

Zurück aus Caracas, wo er im Januar 2006 am Weltsozialforum teilnimmt – Chávez beeindruckt ihn nicht übermäßig –, verkündet Mauro, dass er sich entschlossen hat, sein CAP, sein Berufsbefähigungszeugnis und damit die Abschlussprüfung zum Koch, zu machen. Um ihn herum ist man verwundert, versteht ihn nicht: Was soll das? Warum denn ein CAP? Mit anderen Worten, warum einen niedrigen Abschluss machen wollen, den all die Abgeschobenen des staatlichen Bildungswesens, Handwerker, Fachschüler, Nicht-Abiturienten anstreben, wenn man ein langes Universitätsstudium absolviert und immerhin einen Master in Wirtschaftswissenschaften vorzuweisen hat, verdammt, wozu waren die Erasmus-Semester und der ganze Kram denn dann gut? Seine nonkonformistischen Eltern unterstützen ihn, glücklich, dass ihr Sohn seinen Weg gefunden hat, betonen aber, für uns, reden wir Klartext, ist es das letzte Jahr. Manchmal verbirgt sich hinter vernünftigen Bemerkungen das Gespenst des sozialen Abstiegs: Du bist zu alt, Mauro, du solltest eher Praktika machen, dich an Ort und Stelle weiterbilden. Doch der junge Mann bleibt standhaft: In Wirklichkeit ist das CAP in einer Welt, die Nichtstuern, Dilettanten und von der Kochkunst faszinierten bequemen Bürgersöhnchen misstraut, nicht so sehr ein Zeugnis der Glaubwürdigkeit als ein symbolisches Zeugnis, das Zeichen, dass man damit einverstanden ist, sich dem harten Geschäft zu stellen, in seine körperlichen, technischen, normativen Dimensionen vorzudringen, seine disziplinarische Strenge hinzunehmen, sich in die gekachelten und stahlblitzenden Kulissen der großen französischen Gastronomie zu begeben, kulturelles Erbe und nationaler Stolz, sich denen anzuschließen, die an ihrer Erhaltung, ihrem Ausbau, ihrer Aura arbeiten und selbst anonym und unsichtbar sind.

Ein Jahr später geht Mauro als externer Kandidat ins Examen. Er zieht an dem Tag die Kochkleidung an, die er zur Prüfung tragen muss, er hat sie für 68 Euro bei Monsieur Veste gekauft und sie in Weiß gewählt: Kochjacke und Hose, Spezialmokassins, knielange Schürze, Mütze – er defiliert durch den kleinen Garten, schweigend, der schmale Körper von der Schürze umspannt, die Arme lang und dünn, dann sieht er mich zweifelnd an: *Geht das? Sehe ich nicht aus wie ein Clown?* Ich lächle, er sieht wirklich nicht schlecht aus und vollkommen glaubhaft. Du siehst wunderbar aus. Daraufhin packt er die Utensilien zusammen, die er zur praktischen Prüfung mitbringen muss, eine staunenswerte Sammlung, die er mir vorstellt, indem er jeden einzelnen Gegenstand hochhält und laut benennt, ein wenig so wie der Zauberer dem Publikum Hut, Zauberstab und kleinen Ball zeigt, bevor er sein Kunststück vollführt: Schneebesen, Kanneliermesser, Sparschäler, Teigkarte, Zestenreißer, Schere, Spaghettizange, Zange zum Wenden von Fleisch, Gabel, Lochtüllen und Sterntüllen, Gummischaber und noch einen Exoglass-Spatel und eine Konditorpalette, eine Schöpfkelle, einige Tee- und Esslöffel, den Pariser Kugelausstecher, eine elektronische Waage, deren Batterien er gewissenhaft prüft, sowie die Messer, die er nach langer Überlegung ausgewählt hat – die Stahlklingen liegen flach in der schwarzen Tasche, alle gleich ausgerichtet, Ausbeinmesser, Stechmesser, Tranchiermesser, Officemesser, Wetzstahl. Mauro prägt sich die kriegerischen Namen ein, findet es seltsam, so bewaffnet zu sein.

Am Tag der Prüfung erscheinen sie zu viert als externe Kandidaten in den Räumlichkeiten eines technischen Gymnasiums im 18. Arrondissement – außer Mauro noch zwei Jungen seines Alters und eine etwa dreißigjährige Frau. Der Raum ist groß, gekachelt, hallt wider vom kleinsten Geräusch, aber einstweilen herrscht die eigenartige Stille leerer Schulen.

Von den klassischen Fächern befreit – Mathe und Französisch –, hat Mauro für die beiden anderen schriftlichen Prüfungen gebüffelt, Gesundheits- und Umweltschutz und Theorie. Im ersten Test wird Allgemeines abgefragt, es geht um die verschiedenen Arbeitsverträge, darum, wie man ein Budget aufstellt oder bei Unfällen zu reagieren hat; im zweiten werden die Grundtechniken des Kochens geprüft, die Kenntnis der gesundheitlichen Risiken, der Hygienevorschriften, alles, was mit der Organisation der Küche zu tun hat. Mauro schreibt.

Die praktische Prüfung dagegen macht ihm mehr Sorgen: Der Kandidat verfügt über viereinhalb Stunden, um zwei Gerichte (Vorspeise und Hauptgericht oder Hauptgericht und Dessert) für vier bis acht Personen auszuarbeiten, zuzubereiten, anzurichten und anschließend abzuspülen und aufzuräumen, alles unter den Augen der Prüfer, die seine Vorgehensweise verfolgen, die Techniken begutachten, die Speisen bewerten. Mauro beißt sich auf die Lippen, und seine Mütze kippt etwas auf seinem Schädel, als er die Aufgabe von der Tafel abliest: Blanquette de veau à l'ancienne, Himbeersabayon. Gerichte, die er nicht gut kennt, nur scheinbar einfache Gerichte – vor allem die Blanquette ist gefährlich, denn ihr Gelingen hängt von der Samtigkeit der Soße ab. Die

Stoppuhr läuft, er reibt sich das Kinn, hat beschlossen, sich nicht aufzuregen, nimmt seinen Platz ein und beginnt mit den Vorbereitungen. Auch die beiden anderen Jungen sind konzentriert, sie eignen sich den Raum an, tragen die Lebensmittel und die Gerätschaften zusammen. Dafür verliert die junge Frau die Nerven, spricht einen der Prüfer an – Ich habe keine Karotten! –, der Typ weist mit einer Kopfbewegung zum Vorratsschrank am Ende des Raums, ohne auch nur die verschränkten Arme zu lösen. Mauro überlegt, erstellt einen Arbeitsplan und notiert die Etappen im Telegrammstil in ein Heft: Die Blanquette wird drei Stunden köcheln, währenddessen wird er die Champignons garen, die kleinen weißen Zwiebeln glacieren und das Sabayon aufschlagen, für das er etwa zwanzig Minuten braucht; die Soße macht er danach, mit dem Fleischsaft. Mauro fragt sich einen Augenblick, wie er zwischen dem Kalb und den Champignons die Himbeeren und die Creme unterbringen soll, stellt sich eine Himbeerblanquette und ein Champignonsabayon vor, denkt, das wäre gar nicht so schlecht, lächelt und greift dann zum Fleisch, gibt es in den Topf, gießt Wasser an, bis es bedeckt ist, das hätten wir, los geht's.

Die Zeit der Prüfung ist unerhört reich, der Raum füllt sich mit Gesten und Geräuschen – das Blubbern köchelnder Soße, das Gluckern kochenden Wassers, das weiche Schwingen des Schneebesens in der Creme, das schnelle Schlagen der Messerklinge, wenn sie die Rübchen zerhackt, wenn sie die Karotten schnippelt –, ins Schweigen mischen sich Atemzüge, Ausrufe, Kommentare, Flüche und der Zuspruch, den man sich selbst spendet, um im Rennen zu bleiben, um durchzuhalten, na komm, meine Süße, komm schon! – die Frau mit der schiefen Haarbanane redet sich gut zu –, so dass der Eindruck hektischen Treibens entsteht. Mit steifen Rücken beugen sich die Prüfer über die Arbeitsplätze. Ab und zu stellen sie Fragen: Warum reduzieren Sie nicht die Hitze? Warum der Bräter und nicht der Kochtopf? Welchen Gargrad wollen Sie erreichen? Mauro antwortet knapp, ohne aus dem Auge zu verlieren, was er vollbringen soll. Er teilt sich die Zeit ein, indem er die Arbeitsabläufe in einzelne Schritte zerlegt, streicht in seinem Heft eine Zeile nach der anderen aus, vergisst aber trotzdem das Mehl in der Soße, die viel zu flüssig vom Löffel läuft, und verpatzt das Sabayon, das nach nichts aussieht, die Früchte haben bei der Zubereitung ihre zarte Form verloren, die Beeren sind zerquetscht, die Creme von rosa Spuren durchzogen – Mist, ist das ein Püree, oder was? Zur vereinbarten Zeit präsentiert der junge Mann seine Speisen der Prüfungskommission, die sie in Augenschein nimmt, bevor sie davon kostet. Mauro tritt von einem Fuß auf den andern, skeptisch und ausgelaugt. Ein Sonnenstrahl fällt in den sauberen Raum, alles glänzt und funkelt. Er hat bestanden.

6

Ein Porträt

Ich möchte diesen jungen Kerl beschreiben, der immer Hunger hat, der immer Lust hat, etwas zu essen, etwas Gutes. Diesen entschlossenen und ungezähmten jungen Kerl. Ich setze mich auf die Caféterrasse im 10. Arrondissement, mit Blick auf die Kreuzung, damit ich sehen kann, wenn er auftaucht. Er kommt mit dem Fahrrad angeflitzt, barhäuptig, den Hintern vom Sattel gelöst, das Rad schwankt beim Bremsen, er steigt ab, hebt es am Rahmen hoch, packt es dicht an das Geländer, das die Kurve des Boulevard Voltaire absichert, und hopp!, hat er es angeschlossen. Hopp!, genau das ist der Eindruck, millimetergenaue Bewegungen, wie ein Tanz.

Man sieht ihm seinen Job nicht an. Seine ganze Persönlichkeit widerspricht dem Klischee des gelernten Jungkochs mit weißer Schürze, fröhlicher Rundlichkeit, rosigen Wangen, Bürstenschnitt, kurz geschorenem Nacken und abstehenden Ohren. Sie passt auch nicht zu dem des jungen urbanen Hipsters, der in der Pariser Restaurantszene Furore macht. Er ist hager, knotig, hat Muskeln in den Armen – die braucht man, Kochen ist wie Sport, wie Laufen, Ausdauer, Sprint und Hürden.

Was bei ihm überrascht, ist seine Haltung, die Leichtigkeit und Präzision, die in seinen Gesten liegt, und die
konzentrierte Ruhe, die ihm eine Aura der Besonnen-
heit verleiht. Obwohl er eher groß ist, sind seine Beine
zart, seine Hüften schmal, sein Oberkörper flach, kein
Gramm Fett also – die Jugend? –, Schultern, gewiss,
aber im Profil ist er ein Strich. Auch sein Gesicht ist
schlank, dünne Lippen und weiches, braunes, halblan-
ges Haar, runde Brille, Metallgestell – entfernte Ähn-
lichkeit mit einem jungen trotzkistischen Intellektuel-
len? –, die seinen Blick sanft macht, dunkler Teint und
ruhige Stimme. Nichts von der Redseligkeit der Profis
des Ernährungsgewerbes mit ihrem breiten Lächeln
und ihrer unbefangenen Gastfreundschaft, bei denen
sich der Spaß am Essen mit der Lust am Geplauder ver-
mählt – schmierenkomödiantisches Geschwafel, Poe-
tenorakel. Nichts auch von ihrem autoritären Gehabe,
ihrer Neigung zu brüllen, Druck auszuüben. Er ist ju-
gendlich, still, geheimnisvoll, scheu. Eine Katze. Perrier
mit Zitronenscheibe. Zuerst müsste man die Hände beschreiben. Sie arbeiten, arbeiten die ganze Zeit, es sind
Werkzeuge mit einer irren Technik, empfindliche Inst-
rumente, die anfertigen, berühren, spüren – Sensoren.
Vor allem die Finger sind beeindruckend, lang, kräftig
wie die eines Pianisten, die drei Oktaven entfernt den
richtigen Ton treffen, sich stufenweise entfalten, recken,
gleichzeitig mehrere Gesten miteinander kombinieren

können. Arbeitshände und Künstlerhände also, seltsame Hände.

7

La Belle Saison – *Gnocchi mit Butter und Salbei*

Vierzig Quadratmeter in einer alten Passage des Faubourg Saint-Antoine, das ist La Belle Saison. Das heißt, ein großer Raum, eine Bartheke und vorschriftsmäßige Toiletten. Mauro steht in der Tür und tritt mit seinen Turnschuhen von einem Fuß auf den andern. Sein Blick schweift langsam über das Innere, über die unverputzten Balken und den gefliesten Boden, die Stühle, die umgedreht auf den Tischen stehen. Er begutachtet die Örtlichkeiten und nickt, dann dreht er sich zu Jacques um, der mit dem Besitzer diskutiert: Für mich ist es gut! Seine Stimme hallt in der Passage wider.

Zehn Monate sind vergangen, seit Mauro im Le Villon angefangen hat. Es ist seine längste Erfahrung bisher, und mit Pierre, dem Chef, bildet er jetzt ein gut eingearbeitetes Team. Die beiden Männer verstehen sich ohne viel Worte, haben gemeinsame Vorlieben, und letztlich kümmert sich der Junge genauso um die Bestellungen bei den Lieferanten, um die Abrechnung oder die Einstellung der Tellerwäscher wie um die Kreation kalter Vorspeisen für die Sommerkarte oder das Aussuchen neuer Teller für den Gastraum. Wenn Pierre weggeht, ersetzt ihn Mauro ganz selbstverständlich und mit unveränderlicher Qualität, die jedermann anerkennt. Seit 2007 kommt das übrigens immer häufiger vor: Pierre hat sich in eine Winzerin aus den Corbières verliebt, die bei ihm vorstellig wurde, um ihm ihren Wein zu verkaufen. Nun fährt er zu ihr in die Hügel, sobald er kann, und verbringt dort oft die halbe Woche, während Mauro ihn vertritt. Doch im Juni wird die Arbeitsbelastung unhaltbar, Mauros Examen rückt näher.

Eines Montagmorgens kommt Pierre hereingeschneit und verkündet Mauro, er habe beschlossen, Le Villon abzugeben und in die Corbières zu ziehen. Mauro muss es schlucken. Der Laden wird noch in derselben Woche verkauft. Der Abschied geht schnell.

Der neue Besitzer ist ein dreißigjähriger hübscher Bursche, fröhlich und aufgeweckt; er stellt sich ein Restaurant vor, das zur Entwicklung des Viertels passt, ein ansprechendes, modernes Lokal, das in einem trendigen, eher minimalistischen Dekor eine leichte Küche bietet: An hellen Holztischen, auf günstigen Stühlen im Eames-Stil und unter japanischen Papierlampen verzehrt man Suppen, Salate, Bagels, Quiches, Pasteten und Gebäck, das nach dem Brooklyn der Hipster duf-

tet – *carrotcakes, cheesecakes, cupcakes, donuts, brownies.*
Mauro hört sich seine Schwärmerei an, ist selbst aber
nicht begeistert von diesem doch recht banalen Projekt.
Er würde gern anderswo arbeiten als in etablierten Betrieben, wo die Karte nichts Neues mehr bringt, anderswo als in diesen gestylten Cafés für coole junge Städter.
Er beschließt zu warten, trifft sich wieder mit einigen
Freunden, macht im Juni sein CAP und seinen Master
in Wirtschaft, er weiß, dass sein untypisches Profil auf-
horchen lässt.

Draußen in der Passage zeichnet die Dezembersonne
scharfe Schatten auf das Pflaster. Während Mauro sich
umschaut, diskutiert Jacques mit dem Besitzer, einem
müden alten Libanesen, der ihm die Geschichte der Lo-
kalität erzählt. Sie war schon seit langem eine gute Adresse. Als er sie 2001 gekauft hat, betrieben hier bekann-
te Gesichter des Viertels eine teure Bar, die neben ausgewählten Weinen auch erstklassige kleine Speisen anbot,
Wurstwaren und Käse, die sie direkt vom Produzenten
bezogen. Aber jeder in der Gegend erinnerte sich noch
an das familiäre Bistrot La Belle Saison, durch das Ge-
nerationen von Handwerkern des Faubourg gegangen
waren, ein Treffpunkt von Genießern, wo es bis zu zehn
Sorten Andouillette auf der Karte gab; jeder erwähnte
die karierten Tischdecken, die Jutevorhänge mit roten

Raffhaltern, die Drucke an den gemauerten Wänden – vor allem Stillleben: Rückkehr von der Jagd in den Sümpfen, Teller mit Schalentieren und Weißweinkaraffe, üppiger Obstkorb à la Arcimboldo –, die im goldenen Rahmen der Welt präsentierte Verdiensturkunde des Vereins der Freunde der echten Andouillette gleich neben dem am Nagel hängenden Schinken. Diese Institution des Viertels servierte damals hundert Mahlzeiten am Tag – in zwei Schichten mittags, in zwei abends. Das Geschäft ging gut bis zu dem Nachbarrechtsprozess, den die Besitzer verloren, worauf sie die Küche im Obergeschoss auflösen und recht und schlecht im Treppenhaus unterbringen mussten. Ohne richtige Küche aber aufgeschmissen, verwandelten sie das Restaurant schließlich in eine gepflegte Bar, um sie wenig später zu verkaufen: Nach vierzig Jahren Gastronomie, zwanzig davon in La Belle Saison, träumte das Paar von einem Ruhestand mit Gemüsegarten im Quercy. Der jetzige Besitzer hatte da gerade eine sehr viel jüngere Frau geheiratet und ihr dieses Geschenk machen wollen. Zusammen hielten sie La Belle Saison sieben Jahre lang lebendig mit derselben Kundschaft, die sich zu Laban und Mutabbal, zu Hummus und Tabouleh, zu allerhand gegrillten Spießen und fleischgefüllten Teigtaschen der libanesischen Küche bekehrte. Heute geht dem Geschäft die Puste aus, Jacques merkt es schnell. Da ist immer noch das Problem mit der Küche im Treppenhaus, und der Besitzer ist alt, er hat nicht mehr die Energie, die nötig ist, um ein Restaurant zu führen, auch er würde sich gern zur Ruhe setzen.

Jacques berechnet, was er zur Verfügung hat, die Zinsen für das Darlehen, das die Banken gewähren würden, den Betrag, den er von gewissen Investoren seines Umfelds fordern könnte. Die Zahlen ziehen vorbei. Man muss sich trauen, hm? Was sagst du dazu, machen wir's? Mauro sieht seinen Vater an, begreift nicht, was vor sich geht – sie beide Seite an Seite vor der Tür des La Belle Saison –, fasst es nicht, dass die vor drei Wochen in der Küche von Aulnay geäußerte Idee wahr werden soll. An dem Abend hatte er uns mit ricottagefüllten Sepia-Cannelloni bewirtet, worauf er gestand: *Jetzt würde ich gern meinen eigenen Laden aufmachen!* Wir warnten ihn schulmeisterlich – weißt du, ein Restaurant, das ist hart, du bist erst vierundzwanzig, genieß lieber deine Jugend –, und dann stand Jacques auf und erklärte mit kräftiger Stimme: Mir gefällt dieses Projekt, Mauro, wir machen es zusammen! Mit fünfundfünfzig ist Jacques voller Energie, ungewöhnlich wortgewandt, lernbegierig, und er ist noch offen für Neues, er hat beschlossen, seinen Posten als Direktor einer Informatikschule aufzugeben, er hat Zeit und Lust, etwas auf die Beine zu stellen. Er erhob sein Glas auf diese Idee, und ich erhob das meine, während ich zu Mauro blickte, der ohne sichtbare Gefühlsregung das Tischtuch zusammenfaltete.

Mauro steht wartend vor La Belle Saison, er lächelt. In ein paar Tagen werden Jacques und er wiederkommen und mit dem Eigentümer per Handschlag den Kauf besiegeln, dann werden sie drinnen im Gastraum einen hellen, kühlen Wein aus dem Anjou öffnen oder noch besser einen alten Kefraya aus der Bekaa-Ebene, wie man ihn zu großen Anlässen serviert. In diesem Augenblick aber beobachtet der Junge seinen Vater, der sich informiert, und er sagt sich, dass die Sache machbar ist und keinesfalls illusorisch, er weiß, dass er von morgens bis abends arbeiten wird und dass zwei nicht zu viele sind für ein solches Projekt. In den folgenden Monaten machen sich Vater und Sohn an die Finanzierung. Die Banken sträuben sich: Die Gastronomie ist selten ein gutes Geschäft, eher ein Fass ohne Boden, und das Zweierteam, das sich da vorstellt, ist fragwürdig – schauen wir es uns trotzdem an: Der Koch ist jung und unbekannt, er hat weniger als ein Jahr gearbeitet, hat keine Erfahrung als Küchenchef und ist ein Neuling in dem Beruf, der Vater hat von der Gastronomie keine Ahnung. Außerdem wird gleich zu Beginn erheblicher Einsatz vonnöten sein: Die Adresse ist im Niedergang und muss wieder aufgewertet werden, das braucht Zeit.

Und dann gibt es Umbauten. Unter anderem wäre eine Küche nicht überflüssig. Jacques und Mauro haben bereits geplant, die Wand zum Treppenhaus einzureißen, die Toiletten zu versetzen und eine Art Cockpit-Küche zu schaffen mit vier Herdflammen, einem Backofen, einer kleinen Arbeitsfläche und einem Studentenkühlschrank. Renovieren wollen sie auch die kleine Wohnung über dem Restaurant, in die Mauro einziehen wird. Schließlich geht es durch, die Finanzierung steht, und im Juni 2008 übernehmen Jacques und Mauro den Laden für 150 000 Euro. Es war höchste Zeit: Einen Monat später sind die ersten Anzeichen der Krise da – der großen Krise von 2009.

Am Tag vor der Eröffnung von La Belle Saison macht Mauro mir feierlich die Tür auf. Wir gehen durch den Gastraum, der um diese Zeit den Atem anzuhalten scheint, und betreten die winzige millimetergenau eingerichtete Küche, in der jeder noch so kleine Winkel eine spezifische Funktion hat. Er zieht die Schubladen auf, öffnet die Einbauschränke, lässt das Wasser laufen. Ich frage ihn, ob er weiß, was ihn erwartet, er blickt mich an und erwidert: *Die Frage stelle ich mir nicht, ich mache es einfach und fertig.*

Am 18. Juni wird Einweihung gefeiert. La Belle Saison mit ihren fünfundzwanzig Plätzen ist voll besetzt, zwei oder drei Kumpels mehr passen noch hinein, wenn man ein bisschen zusammenrückt. Die Freunde sind alle da, die komplette Aulnay-Clique, die Flasche um Flasche bestellt, die Familie und die Nachbarn aus der Passage, die man während der Bauarbeiten kennengelernt hat. Mauro rotiert in seiner Miniküche, wo er nur den Oberkörper und die Schultern zu drehen braucht, nur hier- oder dorthin den Arm ausstrecken muss, um an die Zutaten zu kommen und die Gerichte zuzubereiten. Mittags stehen auf der Tafel eine Vorspeise zu sechs Euro, Hauptgerichte zwischen zehn und zwölf, ein Dessert zu acht oder neun Euro. Abends bietet er Crostini an, originelle und delikate Häppchen, die er aus den vom Mittagsservice übriggebliebenen Zutaten kreiert, Paprika/Anchovis, Birne/Roquefort, Brocciu/geräucherter Thunfisch. Jacques hat im Restaurant eine Bühne gefunden, die seiner Herzlichkeit, dem unerschöpflichen Interesse, das er anderen entgegenbringt, entspricht; ebenso fröhlich wie Mauro wortkarg, bemüht er sich gleichermaßen um seine Gäste, wie Mauro bemüht ist, in der Verborgenheit seines Kabuffs ihre Geschmackspapillen zu überraschen. Ein einzigartiges Duo, das ab und zu Verstärkung bekommt durch eine gewitzte und polyglotte Freundin, die ihr Budget ein wenig aufbessern möchte. In La Belle Saison ist immer belle saison, versichert Jacques denjenigen, die beim Bestellen Genaueres über die Gerichte wissen wollen.

Schon im ersten Sommer füllt sich das Restaurant mittags mit einer Kundschaft aus Angestellten und Handwerkern des Viertels, die sich jeden Tag die Zeit zum Mittagessen nehmen, auch wenn es schnell gehen muss, während abends eher Feinschmecker kommen, die gern neue Adressen »guter kleiner Restaurants« entdecken, Liebhaber, die für ein gutes Essen durch ganz Paris fahren, die zu viert oder fünft aufkreuzen, um die Bioweine und die schicken Tapas zu kosten. Die Mundpropaganda funktioniert schnell, so dass Mauro und Jacques im Herbst beschließen, die Abendkarte zu erweitern und anderes anzubieten als nur Tapas, denn letztlich wollen die Kunden essen, das ist ein gutes Zeichen. Und es läuft. Es läuft sogar ganz hübsch.

Zurück vom Markt, kocht Mauro, ohne aufzuschauen, um gegen Mittag, wenn die ersten Kunden mit leerem Magen bei ihm auftauchen, fertig zu sein. Was sich in diesen gedrängten Stunden in dem engen Raum ereignet, ist zugleich eine sehr intensive Improvisation, ein überragendes sinnliches Experiment und eine Konfrontation mit der Materie – einer organischen, lebendigen, höchst reaktiven Materie. Wenn ich ihn bitte zu erklären, wie er vorgeht, zuckt Mauro die Schultern, verzieht den Mund und streicht sich übers Kinn: *Ich konzentriere mich auf die Produkte, es geht mir darum, sie herauszustellen, sie ins Licht zu rücken, manchmal kommen sie erst in Verbindung mit anderen zur Geltung und werden zum Geschmackserlebnis.* Diese Allianzen, diese Kontraste sind seine Rezepte, die er jeweils mit dem frischen Gemüse vom Markt interpretiert und neu erfindet. Hin und wieder probiert er, sondiert, lotet die Tiefe, die Nachhaltigkeit, die möglichen Metamorphosen seiner Zubereitungen aus.

Heute spricht man von dieser Miniküche als der Höhle eines Hexenmeisters, in der Mauro im Alleingang herumlaborierte, autodidaktischer Chefkoch, der aus dem Nichts gekommen war; man beschreibt dieses Kabuff als Herz einer Zauberwerkstatt, aus der wunderbare, täglich sich wandelnde Speisen kamen. Makrele mit frischen Himbeeren, Wildbarsch, Kürbisrisotto, geschmortes Rindfleisch mit Karotten- und Basilikumjus auf Kohlbett, luftiger Kartoffelkuchen mit Blutorangensorbet, Tintenfischsalat mit frischem Fenchel, Seezungen-Pancetta-Röllchen, Seeteufel in Passionsfruchtsoße, Meerbrasse und junger Spinat, Salat vom Schweinsfuß und Lachsrogen mit rohem Selleriesaft. Manche Rezepte von La Belle Saison werden rasch legendär, besonders die auf der Zunge zergehenden Gnocchi mit Butter und Salbei oder mit Pfifferlingen oder auch mit Speck und Erbsen.

Diese erfinderische, filigrane und unprotzige Küche beeindruckt. Mauros Arbeit erinnert daran, dass der begabteste, der ideenreichste, der überzeugendste Koch entgegen der allgemeinen Auffassung nicht zwangsläufig der ist, der ein Produkt verwandelt, sondern vielleicht der, der seine Eigenheit am stärksten herausarbeitet.

Lobende Artikel erscheinen hier und dort auf Webseiten einflussreicher Feinschmecker und sie finden Beachtung bei jenen, für die das Genusserlebnis alles ist, die besessen sind vom guten Essen: Alle würdigen die besondere Erfahrung, die sie in La Belle Saison machen durften. Vor allem die Jugend des Kochs verwundert – vierundzwanzig, ein Kind! – sowie seine Meisterschaft, seine Sensibilität, doch nichts verwundert so sehr wie sein scheues, zurückhaltendes Wesen, denn er ist wenig geneigt, im Gastraum zu erscheinen und Hände zu schütteln, um Komplimente einzuheimsen, zeigt sich also selten, ein Wesen, das im Gegensatz steht zu den in der Welt der Gastronomie vorherrschenden Tendenzen – das Kochen als Fernsehshow, inszeniert wie ein offener Wettkampf, und die Köche als Promis, Medienstars, Gesichter mit verkaufsfördernder Wirkung. Gastrokritiker, die im Ruf stehen, schwierig zu sein, sprechen von La Belle Saison als ihrer schönsten Entdeckung seit langem und von Mauro als einer Verheißung; angesagte Bloggerinnen, erklärtermaßen versessen auf Essen, veröffentlichen Fotos ihrer Teller; die Food-Gemeinde erkennt ihn als einen der ihren an, die neue Generation, die Avantgarde.

Im ersten Jahr bewältigt Mauro allein die Arbeit in der Küche. Es ist hart, eine physische Herausforderung für einen Einzelnen. Er schafft es mit Unterstützung – die Familie hält zusammen, seine Mutter und seine Schwester helfen in den Stoßzeiten aus – und mit kurzen Nächten, obwohl nach der Schufterei viel erholsamer Schlaf nötig wäre. Ein Spüler kommt dazu, der auch das Gemüseschälen übernimmt, doch in der Enge verbietet sich jede weitere Einstellung. Als die Küche 2009 vergrößert wird – ein Zeichen dafür, dass sich etwas bewegt –, rekrutiert Mauro einen Jungkoch, der ihm zur Hand gehen soll – ebenfalls mit unbefristetem Arbeitsvertrag und Mindestlohn, aber echtem Mindestlohn, ohne Überstunden, darauf achtet Mauro. Er beschließt auch, morgens früher anzufangen, um sich auf den Andrang der Kunden vorzubereiten, die stets zwischen 13.30 und 14 Uhr eintreffen, was bedeutet, dass in aller Eile fünfundzwanzig Mahlzeiten serviert werden müssen. Ich frage ihn, ob die Einsamkeit ihm zu schaffen macht, ob die sonderbare Verantwortung für die Bewirtung der Gäste an ihren Tischen nicht leichter zu tragen wäre, wenn er sie teilte, aber er schüttelt den Kopf, macht sein unabhängiges Temperament geltend, *ich fühle mich wohl so, ich hab meine Ruhe, niemand redet mir rein.*

Der Tag ist vor allem lang, sehr lang. Wenn die Küche aufgeräumt ist, ist es 15 Uhr, und Mauro setzt sich endlich hin. Pause. Er isst, während es in der Passage still wird, als würde die Luft plötzlich dicker, als würde sie anschwellen, der Raum leert sich, der Spüler und der Jungkoch sind verschwunden. Mauro entspannt sich, schläft manchmal ein. Oft geht er noch einmal auf den Markt, um ein paar Besuche zu machen, mit anderen

Kollegen ein Glas zu trinken, für die diese Nachmittagsstunden ebenfalls lähmend sind, in hektische Tage eingelassene Leerstellen, und dann endet der Nachmittag jäh, er muss zurück in die Küche. Um 18 Uhr nimmt Mauro den Dienst wieder auf, er ist schon spät dran, er ist immer spät dran, *seit vier Jahren befinde ich mich im Wettlauf gegen die Zeit,* sagt er, als er an einem glühend heißen Tag in Glasschalen mit gezuckertem Rand einen Clementinen-Savarin anrichtet.

Der schwierigste Moment ist merkwürdigerweise nicht die Stoßzeit, sondern der späte Abend, wenn alles gereinigt, alles aufgeräumt und der Gastraum für den nächsten Mittag hergerichtet werden muss, wenn sich der lange Arbeitstag bemerkbar macht, wenn der Stress die Energiereserven aufgebraucht hat, man erschöpft ist und keine Kraft mehr hat zu reden oder jemand anzuschauen. Der Jungkoch und der Spüler hören immer vor Mauro auf, der mindestens bis Mitternacht auf den Beinen ist, wenn die letzten Gäste flüsternd noch einen Kaffee trinken, während sie schon die Mäntel überziehen. Das ist die Zeit, zu der Jacques mit einem Paar aus dem Viertel, das noch am Tresen steht, gern eine lange Diskussion beginnt, und es ist die Zeit, zu der Mauro den Abfalleimer aus dem Cockpit trägt und damit zu verstehen gibt, dass er bald hinauf ins Bett gehen wird, bis Jacques dann endlich feierlich verkündet: »Es ist Zeit, wir schließen, morgen ist Schule, Kinder.«

8

Aligre – *Topinambur, Schulterstück*

Es ist acht Uhr, manchmal sieben, wenn Mauro durch die Rue du Faubourg-Saint-Antoine geht. Er trägt seine Einkaufstasche, zieht seinen Trolley oder schiebt seinen Einkaufswagen zum Aligre-Markt. Der Tag fängt an, die Verkäufer in der Halle und die, die draußen ihre Stände haben, laden ihre Waren ab und rufen einander zu, während die ersten Kunden auftauchen – alte Damen, die angetrippelt kommen, um ein Schwätzchen zu halten und ihre tägliche Fleischration zu holen, 80 Gramm Kalbsleber oder ein Hühnerbrustfilet, vielbeschäftigte Mütter oder Familienväter, die schnell noch die Besorgungen machen, bevor sie zur Arbeit eilen, und Typen wie Mauro eben, die bis zum Abend etwa fünfzig Mahlzeiten servieren werden.

Mauro kommt jetzt täglich, ob es stürmt oder regnet, um Fleisch, Fisch und Gemüse zu kaufen. Es ist der große Moment des Tages, der Moment, in dem sich die Karte des Restaurants entscheidet, die sich verändert, je nachdem, was der junge Mann hier an Gutem und Erschwinglichem findet – *jeden Tag die Karte ändern, das ist die spielerische Seite der Sache, du musst ständig etwas erfinden, du bestimmst ein »Produkt des Augenblicks«, und dadurch gibt es keine wirkliche Routine, weder für die Kunden noch für mich*, Mauro kaut auf einem Streichholz, während er mir mit einem Blick die schönen cremeweißen Spargeln zeigt.

Als armer Wirt ohne Geld in der Kasse, bedrängt von der angespannten Finanzlage und den Darlehen, die fällig werden, muss Mauro auch noch darauf sehen, dass er die Kosten unter Kontrolle hält, die Preise drückt. Er darf sich beim Einkaufen keine Ausrutscher erlauben. Er muss seine Vernunft walten lassen.

Der Markt ist vor allem dafür da, ein Netz von Beziehungen zu knüpfen, die für das reibungslose Funktionieren des Restaurants wichtig sind; Mauro betrachtet den täglichen Ausflug als Lerngang, als Aufgabe, für die man sich Zeit nehmen muss, bei der man verweilen, bei der man seine Vertrauenswürdigkeit beweisen muss. Er erkundet das Terrain, erforscht die Wege, macht die verschiedenen Akteure und ihre Verbindungen aus – wer beliefert wen – und weiß dabei, dass ein Restaurant wie La Belle Saison ein Nischendasein führt und nur wenige interessiert.

In der ersten Zeit sieht er sich also um. Streift durch jeden Gang, klappert alle Stände ab, vergleicht die Angebote, begutachtet die Waren und braucht eine Weile, bis er den gefunden hat, der ihn mit Obst und Gemüse versorgen wird – *du kannst besser verhandeln, wenn du all dein Gemüse beim selben Händler kaufst*, sagt er, während wir nebeneinander über den Markt gehen. Wir schieben den Wagen vor uns her, der die große Einkaufstasche ersetzt hat, weil sie zu schnell voll war und einen zweiten Gang nötig machte: Die Karre schont seinen Rücken und ermöglicht mehr Einkäufe, kräftigt seine Bauchmuskeln, seine Schultern und seine Arme – die ersten Tage hat er Muskelkater und verzieht vor Schmerz das Gesicht; ich bringe ihm ein Döschen Tigerbalsam und warne ihn, er soll es nicht zum Kochen nehmen. Nach einiger Zeit wird er schließlich mit einem Gemüsehändler einig; dieser arbeitet mit einem Typen auf dem Großmarkt in Rungis zusammen, der beauftragt wird, die besten Obst- und Gemüseproduzenten für ihn zu finden und ihm bestimmte Mengen und Qualitäten zu liefern – 20 Kilo junge Karotten für Mauro, vorzugsweise klein und spitz, aber auch die seltenen Gemüse, die er gern verwendet, wie Topinambur, Sonnenwurzel oder Neuseeländer Spinat.

Von 2010 an kooperiert Mauro immer häufiger mit einem neuen Feinkostgeschäft, dessen Philosophie es ist, kurze Wege zwischen Produzent und Verbraucher zu bevorzugen. Bessere Preise also und ein rascher Umschlag der Waren, Garantie optimaler Frische. Die Anlieferungen erfolgen täglich und gezielt. Die Produkte – Obst und Gemüse, Käse, Wurstwaren, Fische, Meeresfrüchte – stammen von ausgewählten Höfen, zu denen der Händler selbst häufige und regelmäßige Einkaufstouren unternimmt: Den Neufchâtel fermier holt er in Saumont-la-Poterie im Departement Seine-Maritime, das geräucherte Schweinefilet in Sarzeau im Morbihan, den Boudin blanc in der Metzgerei »La Croix de Pierre« in Rouen, die Melrose-Äpfel und Conference-Birnen im Früchtehof »La Grange fruitière« in Jumièges an der Seine, und für die Austern fährt er bis nach Saint-Vaast-la-Hougue im Departement Manche. Wenn er nicht im Lieferwagen unterwegs ist, nimmt er einen Einkaufstrolley mit in den RER und steigt an der Endstation aus, um bei der Bäuerin im Departement Eure die Rohmilchjoghurts abzuholen.

Mit dem Fleisch dagegen ist es schwieriger. Man muss sich einen zuverlässigen Metzger suchen, sich mit einem Lieferanten zusammentun. Der erste, mit dem Mauro zu arbeiten beginnt, macht im August zu, so dass er in der Not beschließt, in die Markthalle zu gehen und sich an einen der zwei oder drei letzten handwerklichen Metzger von Paris zu wenden, einen Fleischer mit Hackbank, dessen Hochrippe, dessen Rillettes von Kaninchen und Wild in der ganzen Hauptstadt berühmt sind. Der Mann arbeitet nicht mit Restaurants zusammen, weil die zu große Fleischmengen brauchen – er will sich nicht von einem Kunden abhängig machen und betont erst einmal seine Selbständigkeit, seine Absicht, so zu arbeiten, wie es ihm passt. »Weißt du, ich brauche dich nicht«, scheint er zu Mauro zu sagen, der geduldig wartet, ihn jeden Tag wieder aufsucht, sich in Erinnerung bringt, längere Zeit bei der Kasse stehen bleibt und auf eine Audienz, ein paar beiläufige Worte, einen vertraulichen Blick hofft. Es ist eine Zähmung. Mauros hartnäckige Geduld trägt Früchte: Im Spätsommer erklärt sich der Metzger bereit, das Fleisch für La Belle Saison zu liefern, ein wichtiger Schritt, der sich auf den Ruf des Restaurants auswirken wird. Mauro, versorgt mit extralang abgehangener Rinderschulter oder frischesten Kalbskoteletts, erhält obendrein eine Art symbolische Weihe.

Schließlich der Wein. Selbst eine einfache Karte zusammenzustellen, ist schwierig ohne Weinkultur, ohne dieses Wissen, von dem es heißt, ein Leben würde nicht reichen, um es zu erwerben. Nun wird Mauro bei diesen täglichen sozialen Kontakten, die oft das erste Beziehungsgefüge eines Viertels bilden, zwei guten Feen begegnen: Michel, dem Besitzer einer Weinbar, L'Envolée, deren Karte eine schöne Auswahl bietet, und dort dem Sommelier des Hotels Le Bristol, Fabrice. Zusammen organisieren die beiden an einem Freitag im Monat Blindverkostungen – *die sind meine Schule*, sagt Mauro und winkt mir näherzutreten, um im Tageslicht die Farbe eines Weins von der Loire zu betrachten, der langsam in seinem Glas kreist. Fabrice hilft ihm, seinen Weinkeller aufzubauen. Das ist für Mauro der Moment zu zeigen, dass er Halbitaliener ist: Die Weinkarte von La Belle Saison wird aus Bioweinen kleiner italienischer Produzenten bestehen.

Die Warenbeschaffung, entscheidende Frage bei der Führung eines Restaurants, wird im Lauf der Tage perfektioniert. Es geht um die Frische und die Kosten, aber auch um die Lagerkapazitäten – extrem begrenzt in La Belle Saison, wo der Minikühlschrank bereits die ganzen Milchprodukte enthält. Weil ihm Verschwendung missfällt, macht Mauro sich jetzt daran, die Mengen genau zu definieren. Er justiert, bemisst immer besser, immer genauer, findet mit den abendlichen Tapas eine leckere Lösung für die Reste des Mittagessens. So kauft er nur für drei Servierschichten ein, und was auch immer geschieht, um zehn ist er in der Küche.

9

Erschöpfung

Danach habe ich ihn vier Jahre nicht mehr gesehen. Oder vielmehr, ich habe ihn nicht mehr gesehen, wie wir vor La Belle Saison gewohnt waren, uns zu sehen, kein Bootsausflug auf dem schillernden See im Bois de Vincennes, kein nächtliches Kino an der Bastille, kein Schwimmbadbesuch im Buttes-Chaumont-Viertel, kein Faulenzen im Park, keine Abende mit Musikhören und auf dem Sofa Abhängen beim einen oder beim andern. Wenn ich ihn sehen wollte, war die einzige Lösung, abends am Ende der Arbeit zu erscheinen, zwischen Mitternacht und ein Uhr, wenn die letzten Kunden ihn beim Hinausgehen laut beglückwünschten – das ist Kunst, Mauro! Lucullus Mauro! Wir kommen jede Woche wieder! –, ohne dass sie ihn deswegen dazu brachten, sein Cockpit zu verlassen und mit ihnen zu schwatzen, nein, er streckte nur den Kopf raus, schaute und nickte mehrfach, während er sich die Hände an der Schürze abwischte und mit den Lippen ein unhörbares Danke formte. Der Spüler beendete den Abwasch, der Jungkoch zog seine Lederjacke an, Jacques räumte die Bar auf, Mauro genehmigte sich einen Kaffee und hielt mir endlich eine hohle Wange hin, wie geht's? Dann nahm ich auf einem der Barhocker Platz und begann zu erzählen, Mauro erkundigte sich nach diesen und jenen, nach der Sechserclique und Mia – wenn ich von ihr sprach, schien in seinem Gesicht noch etwas aufzuleuchten –, aber er redete wenig, bis auf einsilbige Ausrufe, und lächelte leise, und nach zehn Minuten machte er den PC an, um beim Feinkostladen der Rue de Charonne die Bestellungen aufzugeben, klickte auf bunte Felder, trug Mengen ein, Gariguette-Erdbeeren und Hokkaidokürbis, meine Worte gingen im bläulichen Licht des Computers langsam unter, bis ich schließlich verstummte. Eines Nachts sagte ich irgendwann ruhig zu ihm, o. k., du hörst nicht zu, dann gehe ich, aber da zuckte er zusammen wie vom Blitz getroffen, legte mir die Hand auf den Arm und wurde laut, *hör auf, ich bin kaputt, siehst du das nicht?*

Sechs Monate später, an einem Tag im Juni 2012, ruft er mich an: Wir verkaufen. Ich bin sprachlos, Scheiße, ich dachte, es läuft gut – »der Aufsteiger im Pariser Osten«, »eine geradlinige Küche ohne gastronomische Verrenkungen«, »eine Küche des Augenblicks, der Ausgewogenheit und des Wesentlichen« –, da höre ich ihn lachen wie schon lange nicht mehr: *Keine Sorge, es läuft gut, es läuft sogar zu gut.* Seine Stimme ist klar, nicht so belegt wie in meiner Erinnerung. Er schlägt vor, dass wir uns treffen, und eine Stunde später sitzen wir uns in einer Bar der Butte-aux-Cailles gegenüber, wo ich ihn daran erinnere, dass ich ihn bei Tag zum letzten Mal an einem 1. Januar gesehen habe, vor drei Jahren, als ich einen witzigen Hund hütete, den ich so gut ich konnte an der Bastille spazieren führte. Gewiss, er sieht nicht gerade aus wie das blühende Leben, und das Weiße in seinen Augen ist ein wenig gelblich, aber er hat auch nicht das aschfahle und pergamentene Gesicht von jemand, der in den letzten drei Jahren die halbe Zeit in einem Vier-Quadratmeter-Kabuff gestanden hat. Erzähl. Ein Perrier mit Zitronenscheibe. *Ich höre auf. Ich bin erschöpft. Erledigt, fertig, ausgelaugt, ausgepumpt, geschafft, gerädert, erschlagen, leer, abgekämpft, abgehetzt, abgearbeitet, platt, kaputt. Man sieht es nicht, aber ich bin tot.*

Ich bin tot.

Erschöpfung. Vier Jahre ist er schon erschöpft. Der Rücken, der Nacken, die Gelenke. Immer tut etwas weh. Er hat vergessen, wie es ist, wenn man sich wohlfühlt, weiß nicht einmal mehr, wie es sich in einem ausgeruhten Körper ohne Schmerzen, ohne Verspannungen lebt, er hat vergessen, wie sich Leichtigkeit anfühlt, flexible Zeit, das Spiel des Zufalls. Er erzählt von seinen Tagen, die sich um nichts anderes drehen als die Führung des Restaurants, die Kontrolle der Abläufe, die Perfektionierung seiner Methode, um die Gerichte noch besser zu machen, er beschreibt die geheime psychische Erschöpfung, die größer wird, je mehr er seine Einsamkeit empfindet gegenüber Jacques, dem Jungkoch und dem Spüler, diese unteilbare Einsamkeit des Küchenchefs.

Jetzt merke ich, wie er sich erregt, er spricht schneller, er pocht mit dem Zeigefinger auf den Tisch, während er den Arbeitsrhythmus schildert, den Arbeitstakt, der den Vormittag, der den Abend verschlingt – *das ist das Härteste, kein freier Abend, kannst du dir das vorstellen? In vier Jahren kein freier Abend!* –, der ihm nur ein paar Stunden am Nachmittag lässt, armselige Stunden, eine tote Zeit, aus der er schon etwas machen könnte, aber allein, denn es sind Stunden, in denen um ihn herum gearbeitet wird, also geht er rauf, um ein bisschen zu schlafen, und kommt wieder runter, wenn es Zeit ist weiterzumachen, und am Sonntag schläft er, lang, viel zu lang, er hängt rum, hat Mattscheibe, ist viel zu kraftlos, um etwas Größeres zu unternehmen, so dass er mit der Zeit kaum noch aus dem Viertel herauskommt, der Radius des Lebens schrumpft, das Viertel, die Passage, La Belle Saison, die Miniküche, wo er sich überall stößt, bis hin zur Arbeitsplatte, die jetzt sein ganzes Leben aufsaugt. Ich sehe Mauros Behausung über La Belle Saison vor mir, den Raum mit der niedrigen Decke, wo man eine große Matratze auf den Boden geworfen hatte, wo sich die Klamotten stapelten, wo der Computer auf Bücherkisten stand, die immer noch nicht ausgepackt waren, ich sehe das orangefarbene Licht, das durch die stets zugezogenen Vorhänge sickerte. Mauro lebte an seiner Arbeitsstätte, das wurde mir plötzlich klar, und was anfangs so praktisch war, die kleine Wohnung, eine Bequemlichkeit, die ihm ersparte, Zeit im Verkehr zu verlieren, ja, was für ein Glück, diese kleine Unterkunft hatte ihn letztlich um die Schleuse zwischen seinem Arbeitsort und seinem Lebensort gebracht, hatte ihn dieser Zwischenräume beraubt, dieser fließenden Zwischenbereiche, die Breschen in die verhärtete, zubetonierte Zeit des Tages schlagen und sich den Träumen öffnen.

Ich bin tot. Er lacht, auf seinem Stuhl zurückgelehnt, die Hände hinter dem Kopf verschränkt, die Lider gesenkt, *dead.* Und schleudert den Satz heraus: *Ich will ein Leben.* Ich beobachte ihn. Mit bald dreißig plagt ihn vielleicht der Gedanke an die Jugend, die vorüberzieht, die zu Ende geht; vielleicht hat er das Gefühl, sie dem Kochen zu opfern, so wie Spitzenathleten die ihre dem Sport opfern – und man kann sich diesen Verzicht gar nicht genau genug ansehen, die Disziplin, die Qual, die Kontrolle des Körpers und der Emotionen, die ihn antreiben, das Seelenleben, das auf kleiner Flamme gehalten, also unterdrückt wird, diese Ordnung, die Sportlern auferlegt wird und die sich Zwanzigjährige auferlegen, dieses schwarze Heldentum, das nach dem Ruhm schielt. La Belle Saison, das konnte nicht ewig dauern. Eine geheime Logik, die ökonomische, die unternehmerische Logik, jene unerbittliche Logik, die verlangt zu wachsen, wenn man nicht untergehen will, und die wie eine kalte Strömung über den Meeresgrund streicht, diese Logik war schließlich zerbrochen, zerschellt an seiner Jugend. In der letzten Zeit – aber war es die Erschöpfung? – hatte er gespürt, dass ihm kaum noch Neues einfiel, er variierte die Rezepturen mit dem gleichen Stück Fleisch, ohne seine Kochkunst weiterzuentwickeln, und er litt zunehmend unter der räumlichen Enge – ein Gefühl allgemeiner Lähmung, Hemmung, endloser Wiederholung. Er hatte sich ausgeklinkt, er war aus dem Spiel ausgeschieden. Und damit hatte er die Struktur der Zeit gesprengt, die sein Leben einengte.

10

Asien – *Pot-au-feu, Suppen*

Zwei Monate später, Bangkok ist grau, warm, hektisch. Mauro arbeitet in einem schicken italienischen Restaurant; der Küchenchef, ein Kumpel, hat ihn angerufen, weil eine Stelle frei war. Der junge Mann hat sich gesagt, er würde nach der Schließung von La Belle Saison ganz gern abhauen und Thailand könnte ein Einstieg sein, um die asiatische Küche zu entdecken. Der Verkauf hat 270 000 Euro eingebracht, ein Gewinn, der ihn etwas über die Monate hinwegtröstet, in denen er sich kein Gehalt gezahlt hat, er kann sich ein wenig Zeit lassen. Vorerst verarbeitet er allerdings gar keine lokalen Produkte: Der Zugang zur internationalen Gastronomie ist ein wichtiges Statussymbol der reichen Geschäftsbourgeoisie, die hier floriert. Und da ist er jetzt tätig.

Er wird in die neusten kulinarischen Tendenzen eingeweiht, die in Los Angeles, London, Paris und Dubai Furore machen; er lernt Techniken kennen, von denen er bisher nicht die geringste Ahnung hatte, darunter das Sous-vide-Verfahren, bei dem es nicht auf die Bravour des Kochs, sondern auf langes Garen bei niedriger Temperatur ankommt, wodurch das Fleisch saftig bleibt und eine sehr zarte Konsistenz erhält. In den Nobelrestaurants schwört man darauf, denn die Garmethode wurde von Chemikern ausgetüftelt, die den Zeitpunkt der Eiweißgerinnung bestimmt haben, sie ist unfehlbar und überlässt nichts dem Zufall. Mauro findet all das nicht besonders aufregend: Die Methode scheint ihm interessant für die weniger edlen Stücke, wunderbar beispielsweise fürs Pot-au-feu, das man achtundvierzig Stunden bei 80°C gart, aber für ein Rinderfilet lächerlich. Dafür lernt er schnell. Fängt an, sich zu langweilen.

Eines Tages schlägt der Chef ihm vor, in eines seiner anderen Restaurants zu wechseln, das vor kurzem in einem trendigen Viertel der Stadt aufgemacht hat. Das Lokal folgt einem radikalen Konzept: zehn Plätze, ein gastronomischer Parcours in zehn Etappen, nur abends geöffnet. Mit anderen Worten, der Gipfel des Abgehobenen und Intimen, ein einzigartiges Erlebnis. Das Exklusive weckt Gelüste, genau wie eine limitierte Auflage, ein seltenes Privileg: Man schmeichelt sich, dort gegessen zu haben, man denkt lange vorher daran, und die endlose Warteliste wird nie kürzer. Mauro betrachtet die Stelle als eine Erfahrung. Er arbeitet gut, seine Kreativität und seine Gelassenheit machen Eindruck. Doch als ihm der Chef ein paar Wochen später seinen Plan vorstellt, eine Kette von Luxusrestaurants für die globalisierte, durch die Metropolen und Urlaubsorte dieser Welt tourende Geschäftsbourgeoisie zu gründen, schüttelt der junge Mann den Kopf, das interessiert ihn nicht, er kann sich nicht vorstellen, das Experiment mit dieser Art von Restaurants zu verlängern, er will nicht zu viel Zeit in diesen Kreisen der thailändischen Gesellschaft verbringen, möchte gern noch etwas anderes von Asien sehen als diese Stadt, die übergangslos vom Reisfeld auf die klimatisierte Luxus-Mall umgestiegen ist, diesen vom Konsum gedopten, vom Westen unwiderstehlich angezogenen menschlichen Ameisenhaufen.

Sein Freund wundert sich: Was hast du bloß? Hier kann man Kohle machen, und der Job ist doch cooler als in Frankreich, oder? Mauro schweigt, er sieht sich um: Das Arbeitstempo ist zwar zügig, aber nicht extrem, die reichlich vorhandenen billigen Arbeitskräfte sind entlastend – *stell dir vor, zehn Leute, um drei Karotten zu schälen* –, und Führung durch Druck funktioniert nicht, so dass in der Küche eine gewisse Ruhe herrscht, eine Ruhe, aus der allerdings, wenn sie rissig wird wie ein trockener Panzer, wenn sie aufplatzt, Szenen unerhörter Gewalt hervorbrechen können: Der gewissenhafte Typ, der langsam seine Ingwer-Schweinefleisch-Ravioli füllte, zückt plötzlich mitten im Raum ein spitzes Messer und sticht es einem anderen in die Halsschlagader, während der Rest der Mannschaft im Dampf der Suppentöpfe erstarrt. Gewiss, Mauro nimmt hier einen beneidenswerten Platz ein, er ist ein junger französischer Küchenchef, der zum Image des Unternehmens beiträgt. Aber es gibt in diesen Restaurantküchen etwas, von dem der Junge sich instinktiv absetzt, etwas Gelecktes, Hochgezüchtetes, Überdrehtes, was sich an den Bodybuilder-Körpern der Köche, die sich um ihn herum zu schaffen machen, ablesen lässt. Ein verzerrter Blick auf die Schönheit. Also geht er. Kündigt wieder einmal, verfolgt weiter seinen Weg. Er landet in Birma.

Er reist mit dem Rucksack, legt seine Route von Tag zu Tag fest, ohne dass er noch versucht, hier oder dort zu arbeiten, und übernachtet bei Einheimischen. Er entdeckt ein geheimes, spannendes Land, in dem die Uhren langsamer gehen. Mauro reist so weit wie möglich, bis in die Dörfer. Die Landschaft ist lieblich, bestimmt von intensiven Grüntönen und erfüllt von ständigem Stimmengewirr, das seine Schritte begleitet. Der junge Mann nimmt sich die Zeit, in Häusern und Tavernen die Gesten der Menschen zu beobachten, die das Essen zubereiten. Hier wird er schließlich finden, wozu er hergekommen ist, die Straßenküche, die einfache, volkstümliche Küche mit ihren in Schalen servierten und auf kleinen Bänken verzehrten Gerichten, den kurkumagewürzten Suppen, dem Frittierten aller Art, den fermentierten Gemüsen, dem Duftreis mit Koriander, den Salaten mit Tamarinden- oder Teeblättern, den leuchtenden Früchten. Er entdeckt begeistert die fremden Aromen, die seine Gewohnheiten gründlich durcheinanderbringen, die Gerüche, die er nicht zuordnen kann, die Geschmacksnuancen, die ihn wieder das Staunen lehren.

Kurz vor Weihnachten erhalte ich eine Postkarte. Ein paar Wörter weiß ich noch: ngapi, balachaung, Ingwer.

11

Food – *Grieben, dicke Bohnen, Täubchen*

Mauro streift umher, er sucht etwas, er wartet. Ich verliere ein paar Wochen seine Spur, dann taucht er wieder auf, und jedes Mal wenn wir uns wiedersehen, hat er eine andere Arbeit, eine andere Stelle in einem anderen Betrieb, als wollte er alles kennenlernen, alles ausprobieren.

Ich höre, er ist Fleischergehilfe in Vanves, ausgebildet von einem Meister, der stolz ist auf sein Handwerk, er lernt, die Schlachttiere auszubeinen, das Fleisch richtig zu zerteilen, die Stücke zu parieren, das Geflügel auszunehmen und zu säubern, rennt den ganzen Tag zwischen Kühlkammer und Laden hin und her, begleitet in manchen Nächten seinen Chef auf den Großmarkt von Rungis – auch er steht um Punkt fünf Uhr morgens mit den anderen Fleischern am Tresen bei Kaffee und Griebenbrot – und lernt mit dem Ernst eines japanischen Säbelfechters die Namen und den Gebrauch der verschiedenen Messer.

Einige Monate später orte ich ihn als Chef de Partie in einem Drei-Sterne-Restaurant im 7. Arrondissement, angeheuert von einem Star der gastronomischen Welt, hoher Adrenalinausstoß und maximaler Druck, die Erfahrung interessiert ihn, er verarbeitet Gemüse, das in Gärten der Sarthe oder Eure extra für das Restaurant gezogen wird, doch die Anspannung, die in der Küche herrscht, passt ihm so wenig wie die monatlich 1500 Euro bei 70 Wochenstunden. Er hält sechs Wochen durch und zieht Leine.

Im folgenden Jahr arbeitet Mauro regelmäßig als Sous-Chef in einem boomenden Restaurant in der Nähe der Bourse, La Comète. Dort bleibt er länger. Es ist eine angesagte Adresse in der Foodszene: Der Chef ist jung, medienerfahren, hat nach der Hotelschule ein berühmtes Haus durchlaufen, die Küche ist modern, skandinavische Einflüsse, frische Produkte, Beschaffung bei sorgfältig ausgewählten kleinen Produzenten. Bio und kurze Wege. Siebzig Gedecke, zweimal am Tag. Das Konzept von La Comète stellt die Funktionsweise des klassischen Restaurants auf den Kopf, es gibt keine feststehende Karte, die Gerichte werden angeregt durch die Produkte: mittags ein Drei-Gänge-Menü zu 45 Euro oder Carte Blanche in sechs Etappen zu 75 Euro, abends mit Wein zu 140 Euro. Die Innenarchitektur setzt auf Durchlässigkeit, einen Raum ohne Trennung zwischen Küche und Gästebereich, um das Unsichtbare sichtbar zu machen, die Arbeit in Choreographie, in Theater zu verwandeln und zu teilen. Lockere Atmosphäre, schnörkellose Eleganz, Naturtöne und schöne Materialien.

Ich möchte meinen Freund bei der Arbeit sehen, ich kreuze an einem Vormittag auf, um zuzuschauen, so wie man einer Vorstellung zuschaut. Das Team ist jung, divers, international. Die Stimmung in der Küche ist gelassen, rockig, cool. Mauro hat mich gewarnt: Die Jungs, die hier eingestellt werden, hatten die Mittel, sich eine kulinarische Kultur anzueignen, sie sind passioniert, haben nichts gemein mit Schulversagern, mit denen, die wählen mussten zwischen Schlosser, Mechaniker und Koch und sich für die letzte Option entschieden haben, weil ihnen nichts Besseres einfiel, mit denen, die das Gros der Truppe in der Gastronomie bilden. Mauro verdient 2500 Euro, und auch hier können es wieder 70-Stunden-Wochen sein.

Um 8 Uhr morgens, wenn sie die Arbeit aufnehmen, sind sie neun außer dem Chef, verteilt auf vier Posten in der engen Küche (einer beim Fleisch, zwei beim Fisch, drei bei den kalten Speisen, zwei bei der Patisserie, und Mauro als Sous-Chef). Es ist still, jeder weiß, was er zu tun hat – Champignons und grüne Bohnen putzen, das Rindfleisch fürs Carpaccio mit Heu räuchern, die dicken Bohnen nicht blanchieren. Um 10 Uhr zieht das Tempo unmerklich an, Stimmen werden laut – »Sind die Fische filetiert?«, »Ist der Steinbutt so weit?«, »Kannst du mir drei Kilo Sahne schlagen?« –, Nachrichten machen die Runde, die Köche reden über die Fluktuation in der Branche, die einen, die gehen, die anderen, die kommen, über den Sous-Chef, der in der Provinz Chef geworden ist, den genialen Sommelier, der nach Chile ausgewandert ist und seinen Platz freigemacht hat, das neue Restaurant, das in Ménilmontant eröffnet wurde – »Und? Wie ist es?« –, sie vergleichen die Stellen, die Gehälter, die Arbeitszeiten, diskutieren über den Ruf der Lokale, der Chefs. Um 11 Uhr hören alle auf: großes Saubermachen. Die Küche wird auf Hochglanz gebracht und für die Mittagsschicht hergerichtet. Jeder reibt angelegentlich an irgendetwas herum, klettert auf einen Herd, streckt den Arm nach Edelstahlflächen aus, entblößt dabei den Bund der Unterhose und möglichst auch ein Stück Haut. Überall werden perforierte Gummimatten ausgebreitet, die den Lärm dämpfen. Dann beschleunigen sich die Dinge allmählich, und als es endlich losgeht, ist es schön anzusehen, rasch und fließend, rhythmisch und präzise kommen die annoncierten Gerichte aus der Küche. Die heiße Phase ist gegen 13.30 Uhr, der Geräuschpegel steigt ein wenig, die Konzentration ist auf dem Höhepunkt, es ist der Moment, in dem der eng getaktete Ausstoß die Restaurantgäste beeindruckt. Als die Welle abebbt, ist es fast 15 Uhr, die beiden Spüler werden um die 420 Teller abgewaschen haben, denn das Restaurant war voll, und ich höre eine kleine Stimme laut die Frage stellen: Und was kochen wir ihnen morgen?

12

Spanferkel

Mauro verlässt La Comète im Frühsommer, kehrt aber hin und wieder zurück, um den Chef zu vertreten, der manchmal abwesend ist. In den folgenden Monaten, in denen er frei über seine Zeit und seine Unternehmungen verfügen kann, sammelt er weiter Erfahrungen, arbeitet kurz als Berater für eine etwas andere Café-Kette, die warme und kalte Gerichte anbietet, oder für zehn Euro in der Stunde als Aushilfe bei einer befreundeten Chefköchin, die sich darauf vorbereitet, einen Monat lang in einem Privatrestaurant im Marais für einen Tisch von zehn Personen zu kochen, um sich einen Namen zu machen. Ihm geht etwas im Kopf herum, ich spüre es. Ich frage ihn an einem Sommerabend, als wir die Rue des Envierges zum Park von Belleville hinuntergehen. *Ich würde gern wieder ein Restaurant aufmachen.* Ich bleibe auf dem Gehweg stehen. Nach demselben Prinzip wie La Belle Saison?, frage ich. Er schüttelt den Kopf. Nicht ganz. Die Idee wäre, einen Ort zu erschaffen, wo wieder wichtig wird, was im Gastraum passiert. Ein Restaurant, das die Kommensalität neu erfindet. Das nicht mehr nur als Bühne konzipiert ist, wo sich die gloriose Kreativität eines Einzigen ausdrückt, wo eine individuelle Sinneserfahrung gemacht wird, sondern als Ort der Beziehung zum Anderen und eines möglichen kollektiven Abenteuers. *Gut, du hast Lust auf ein kleines gebratenes Spanferkel, aber man muss mindestens vier oder fünf sein, also stehst du auf und fragst laut, wer ein Spanferkel mit dir teilen würde. Du gehst also an den Tisch des anderen, du diskutierst mit ihm, und so fängt es an. Verstehst du?* Ich verstehe. Ich lächle, ich reiche ihm meinen imaginären Teller.

Inhalt

1 Berlin – *Döner Kebab* 7

2 Aulnay – *Kuchen, Carbonara, hausgemachte Pizza* 16

3 Restaurantbetriebe – *Tournedos Rossini* 25

4 Schläge 44

5 CAP – *Blanquette de veau à l'ancienne, Himbeersabayon* 50

6 Ein Porträt 56

7 La Belle Saison – *Gnocchi mit Butter und Salbei* 59

8 Aligre – *Topinambur, Schulterstück* 72

9 Erschöpfung 78

10 Asien – *Pot-au-feu, Suppen* 84

11 Food – *Grieben, dicke Bohnen, Täubchen* 89

12 *Spanferkel* 93